W0226599

Fantômette
et la Dent du Diable

Georges Chaulet

Fantômette et la Dent du Diable

Illustrations
Patrice Killoffer

HACHETTE
Jeunesse

Françoise

Sérieuse et travailleuse, Françoise est une élève modèle qui se passionne pour les intrigues. Vive, pleine de bon sens et intrépide, n'aurait-elle pas toutes les qualités d'une parfaite justicière ?

Boulotte

Gourmande avant tout, elle se moque pas mal du danger… tant qu'il y a à manger !

Mlle Bigoudi

Si elle apprécie Françoise, l'institutrice s'arrache souvent les cheveux avec Ficelle et lui administre bon nombre de punitions. Que penserait-elle si elle était au courant des aventures des trois amies !?

Ficelle

Excentrique, Ficelle collectionne toutes sortes de choses bizarres. Malgré ses gaffes et son étourderie légendaire, elle est persuadée qu'elle arrivera un jour à arrêter les méchants et à voler la vedette à Fantômette...

Œil de Lynx

Reporter, il suit de près les méfaits des bandits. Il est le seul à connaître la véritable identité de Fantômette et n'hésite pas, à l'occasion, à lui filer un petit coup de main !

© Hachette Livre, 1970, 1994, 2000, 2008 pour la présente édition.

Tous droits de traduction, de reproduction
et d'adaptation réservés pour tous pays.

Hachette Livre, 43, quai de Grenelle, 75015 Paris.

chapitre 1

En téléphérique

— AAAAH !!! Nous allons tomber dans le ravin, hurle la grande Ficelle, verte de peur.

Le car frôle dangereusement le mince parapet qui borde une route sinueuse, étroite, rendue glissante par des plaques de neige à demi fondues. Depuis près de trois heures, le lourd véhicule grimpe à l'assaut des Alpes, grondant, pétaradant, empoisonnant l'air pur de la montagne avec des nuages gris et malodorants. Ses vingt jeunes passagères sont balancées à droite et à gauche, projetées en avant, en arrière, secouées, assourdies, mais ravies, car la perspective de glisser sur les pentes neigeuses leur fait oublier les inconvénients du voyage. Et la petite colonie manifeste sa joie en braillant des airs à la mode, au risque de provoquer des avalanches.

Seule la grande Ficelle ne semble point partager l'allégresse générale. Blême, les yeux hagards, la gorge sèche, elle colle son nez à la vitre pour sonder avec effroi les profondeurs des vallées, calculer les risques de culbute et imaginer la dégringolade au long de la pente parsemée de sapins, jusqu'au torrent glacé qui serpente tout en bas...

Elle se tourne vers sa voisine, une fille dodue aux joues rebondies, qui déplie l'emballage en aluminium d'un triangle de fromage.

— Boulotte ! Tu n'as pas peur, toi ?

La gourmande engloutit le triangle et demande avec surprise :

— Peur ! Peur de quoi ?

— Eh bien, ça, là... Ce précipice ! C'est ébouriffant ! Si nous tombions dedans... Ce serait horrible !

Boulotte hausse les épaules.

— Du moment que j'ai l'estomac plein, je ne pense pas.

La grande Ficelle se retourne. Sur le siège arrière, une brunette aux cheveux bouclés se laisse bercer par le mouvement du car. Ficelle l'interpelle :

— Hé ! Françoise ! Tu n'as pas peur, toi ?

Pas de réponse.

— Françoise, tu dors ?

— Tu vois bien que oui, fait la brunette, sans ouvrir les yeux.

Ficelle fronce les sourcils.

— Ce n'est pas vrai ! Si tu dormais, tu ne pourrais pas me répondre. Et puisque tu me réponds, c'est que tu es éveillée.

— Alors, puisque je suis éveillée, pourquoi me demandes-tu si je dors ?

— Parce que... Et puis, tiens ! j'aime mieux ne pas te répondre ! Je vais faire marcher ma radio.

Elle écoute de la musique pendant dix secondes, puis pousse une exclamation en apercevant au long d'une pente blanche un chapelet de points noirs. Elle se dresse en criant :

— Oh ! Regardez ! Des skieurs...

Une voix d'homme ordonne :

— Ficelle ! Asseyez-vous !

C'est l'un des trois moniteurs chargés d'accompagner la colonie. Ils sont tous trois blonds, athlétiques et revêtus d'impressionnants anoraks rouges. Ficelle obéit et saisit le bras de Boulotte, pour attirer son attention.

— Tu as vu ces skieurs ? Ils sont tellement petits qu'ils ressemblent à des microbes...

Boulotte jette un coup d'œil distrait, déclare que la piste de ski lui fait penser à des œufs à la neige, puis entreprend de croquer une tablette de chocolat blanc parfumé à la noix de coco. Quelques instants plus tard, le car parvient au sommet d'une côte.

Dans un cadre de sapins, apparaît une petite ville aux maisons de bois coiffées de longs toits roses, dont les fenêtres s'ornent de balcons peints en bleu, jaune, rouge... Tout est propre et clair, gai et accueillant. Le moniteur en chef annonce :

— Nous arrivons à Chamoix... Tout le monde descend !

À ces mots, un grand remue-ménage se produit. Les filles se précipitent sur les valises, les sacs et les skis, en poussant mille exclamations, et se bousculent pour sortir du car. Les moniteurs rassemblent tant bien que mal tout leur monde, s'assurent qu'il ne manque personne, puis donnent le signal de la marche. On va traverser Chamoix à pied pour se rendre à la station de téléphérique.

Ces demoiselles défilent tout au long de la rue principale en martelant la neige du talon et en hurlant avec enthousiasme, sur un air fantaisiste :

Faire du traîneau
C'est rigolo
Faire du ski
C'est exquis !

La colonie entre en se bousculant dans la station, puis dans la cabine.

Ficelle franchit la porte en confiant à Boulotte :

— C'est la première fois que je monte dans un engin comme celui-là... Ce que je vais avoir peur ! J'en suis tout ébouriffée !

On entend le son aigrelet d'une sonnerie, puis

le ronflement d'un moteur électrique et quelques grincements. Avec douceur, la cabine quitte la gare et s'élève obliquement.

Après un instant, Ficelle oublie ses craintes pour admirer le panorama qui défile sous ses yeux. Les Alpes sont grises, ocre, violettes, barbouillées de neige, parsemées d'épicéas vert foncé, surmontées d'un ciel bleu parfaitement nettoyé. Ficelle s'écrie :

— Ah ! quel spectacle ébouriffant ! On dirait une photo en couleurs naturelles !

La cabine survole une cordée d'alpinistes qui semblent collés à la paroi verticale. C'est un nouveau sujet d'étonnement pour la grande fille, qui demande à Françoise :

— Pourquoi ne prennent-ils pas le téléphérique, comme nous ? Ils seraient plus vite arrivés !

À peine a-t-elle prononcé cette phrase, qu'une brusque secousse jette les passagers les uns sur les autres. La cabine vient de stopper net.

Elle se balance un moment, puis demeure immobile, suspendue à son câble, tandis que les filles poussent des cris assourdissants !

chapitre 2

Le Chalet du Diable

— Nous sommes en panne ! crie Ficelle.

Un employé à casquette assure que ce n'est pas grave, puis le moniteur en chef élève la voix :

— Allons, un peu de calme, s'il vous plaît ! Inutile de hurler, nous ne courons aucun danger.

Ficelle tourne un visage angoissé vers Françoise :

— Tu crois qu'il n'y a pas de danger ?

— Non, c'est sans doute une coupure de courant. Le pire qui puisse nous arriver, c'est de mijoter dans cette boîte pendant quelques heures.

À ces mots, Boulotte devient très pâle.

— Ah ! mais si nous restons ici trop longtemps, je n'aurai plus rien à manger ! J'ai tout juste emporté trois paquets de biscuits, un peu de chocolat et deux tubes de lait condensé... J'ai à peine de quoi tenir pendant une petite heure...

— Peut-être, dit Françoise, que Fantômette viendra t'apporter du ravitaillement en hélicoptère...

— Fantômette ? Penses-tu ! Elle ne s'occupe que des voleurs ou des contrebandiers.

— Je n'en suis pas si sûre. Il lui arrive de porter secours à des personnes en danger.

— Alors, qu'elle se dépêche de m'apporter à manger, parce que je sens que je vais mourir de faim !

Et la grosse fille mord avec vigueur dans une tablette de chocolat. L'instant d'après, la cabine vibre et reprend son mouvement ascendant. Ce nouveau départ est salué par un « Ah ! » général de soulagement. Quelques secondes plus tard, on croise la cabine descendante, ce qui donne une fois de plus aux filles l'occasion de crier, en agitant les mains pour dire bonjour aux touristes qui regagnent Chamoix. Il n'y a plus d'autre incident jusqu'à la station supérieure, où le téléphérique s'arrête.

Les filles sortent de la gare et s'alignent sur une plate-forme de béton qui s'accroche au flanc de la montagne. De ce point, une piste skiable descend dans la vallée. Là, les moniteurs font l'appel – sans doute pour s'assurer que personne n'a sauté en cours de route. L'atmosphère se compose d'un agréable mélange de soleil, d'air léger, de vent frais et de lumière.

Ficelle éternue et se mouche en grognant :

— Ça y est ! Je m'enrhume !

— Non, dit Françoise, c'est un effet de l'altitude. Ton nez va couler pendant trois ou quatre jours...

— Ah ? Merci du renseignement !

— Mais après, tu te sentiras légère comme une douzaine de papillons.

Satisfaite par cette perspective, Ficelle cesse de geindre. Elle tourne son regard vers le sommet qui se termine en pointe recourbée, et demande :

— Au fait, comment s'appelle ce pic sur lequel nous montons ?

— La Dent du Diable.

— Oh ! Quel nom effrayant ! C'est vrai, cette dent a quelque chose de diabolique ! Quelle vision affreusement angoissante ! J'ai les cheveux qui se dressent sur ma tête si je ne porte pas un bonnet. Tu ne trouves pas ça horrible, Françoise ?

— Mais non. C'est très joli, au contraire.

— Moi, ça me fait une peur ébouriffante !

Françoise hausse les épaules.

— Ce que tu peux être stupide, ma pauvre Ficelle !

— Possible, mais si tu étais à ma place, tu aurais encore plus peur que moi !

Les filles se mettent en route vers un chalet bâti à mi-chemin entre la station supérieure et le sommet. Il faut lever haut les pieds pour progresser dans une épaisse couche de neige poudreuse, peu propice à la marche, mais idéale pour les glissades sur skis.

Après dix minutes d'ascension, on parvient en vue du chalet, une grande bâtisse en sapin, avec des encadrements de fenêtres peints en rouge vif et une terrasse ceinturée d'une balustrade blanche. Plaquée contre un côté, s'élève une haute cheminée de pierres massives.

Le logis fait une bonne impression sur la petite troupe, et Ficelle déclare avec satisfaction :

— Elle me plaît beaucoup, cette maison en bois. Je me demande si elle a un nom.

Un des moniteurs a entendu la phrase. Il répond :

— On l'appelle le Chalet du Diable.

— Oh ! gémit Ficelle, quel nom affreux ! Il doit se passer là-dedans des choses épouvantables !

Rien cependant ne peut justifier les craintes de Ficelle. Tout autant que l'extérieur du chalet, l'intérieur est accueillant. On y trouve une grande salle commune, aux parois faites de planches en mélèze, au plafond soutenu par de grosses poutres carrées. Une cheminée noircie par les feux de bois occupe une extrémité, et sert d'épaulement à un imposant stock de bûches.

Non loin de la cheminée se trouvent deux cuisinières. L'une, surmontée de casseroles en cuivre rouge, est une grosse boîte rectangulaire en fonte noire et laiton jaune. L'autre, qui se tient devant la première, est une gentille femme aux joues luisantes. C'est grâce à ses soins qu'un fumet de bonne soupe s'échappe des marmites. Désignant une cloche accrochée sur le côté de la cheminée, elle annonce :

— Quand vous entendrez la cloche, cela voudra dire que le dîner est prêt ! Encore un petit quart d'heure...

La gourmande Boulotte chuchote à l'oreille de Ficelle :

— Un quart d'heure... je ne tiendrai jamais jusque-là... Vous avez senti ce parfum de gratin dauphinois ? Ah ! je voudrais être plus vieille d'un quart d'heure !

Pendant ce laps de temps, les moniteurs procèdent à l'installation de la colonie. Installation qui se fait dans une certaine confusion, les trois hommes ne pouvant surveiller tout le monde. Mais il est prévu qu'une monitrice et une infirmière viendront en renfort le surlendemain.

Au premier étage, une vaste chambre transformée en dortoir est envahie par les filles, qui sautent sur les lits de camp pour en éprouver l'élasticité, ou fourrent leur tête dans les sacs de couchage pour voir si l'intérieur cache quelque chose. À peine ont-elles le temps d'ouvrir les valises et de commencer à en déballer le contenu, que la cloche tinte. En poussant des cris de joie, les jeunes vacancières se précipitent dans la grande salle, s'assoient sur des bancs devant de longues tables et se mettent à taper en cadence sur leurs assiettes avec leurs couteaux, pour exprimer l'intensité de leur appétit.

Après le dîner, les choses ne traînent pas. Le sommeil se fait déjà sentir, et bientôt les jeunes personnes se dirigent vers leurs lits de camp. Pour la plupart d'entre elles, c'est la première fois qu'elles entrent en contact avec un sac de couchage. En se fourrant dans le sien, Ficelle dit à Françoise :

— J'ai l'impression d'être une lettre que l'on met dans une enveloppe. Tu peux remuer les jambes, là-dedans ?

— Non, mais quand on dort bien, on ne bouge pas tellement.

— Moi, si. De temps en temps, je me réveille avec les pieds sur le traversin. Une fois, je me suis même retrouvée par terre sur la descente de lit. J'en étais tout ébouriffée ! Et une autre fois...

Elle bâille, ferme les yeux et s'endort. Dans le dortoir, il y a encore quelques rires étouffés, des propos échangés à mi-voix, puis c'est le silence.

Dix minutes plus tard, Fantômette se réveille.

chapitre 3

L'étrange nuit

Fantômette ne dort jamais complètement. Une petite parcelle de son esprit reste toujours en éveil. Son sixième sens monte la garde tout au long de la nuit.

C'est un crissement sur la neige durcie par le froid qui attire son attention. Avant même d'ouvrir les yeux, elle a conscience que *quelque chose* se rapproche du chalet. Un animal de la montagne ? Un chamois ? Un ours ? Ou un être humain ?

Elle attend quelques instants. Est-ce bien la peine de se lever pour aller regarder par la fenêtre ?... Il ne s'agit peut-être que d'un bruit familier, quelque chien de garde faisant sa ronde nocturne...

Au-dehors se produit un bruit sec, le claquement d'un verrou, puis le grincement d'une porte que l'on pousse. Non, ce ne peut être un animal. Fantômette sort du sac de couchage, se lève, s'approche de la fenêtre. Elle essuie la buée qui s'est formée sur le carreau froid. À l'extérieur, le ciel piqueté d'étoiles est d'un noir profond. La neige, grise. Dans le lointain, en bas, quelques taches jaunâtres indiquent l'emplacement de Chamoix. Rien d'autre.

Il y a un long moment de silence, et la jeune aventurière soupire :

« Suis-je assez bête, pour me lever à cette heure-ci, au lieu de dormir tranquillement ! Je ne suis pas encore habituée au calme de la montagne... »

Elle se recouche et ferme les yeux. Un instant après, elle les rouvre. Des pas assourdis, mais nettement perceptibles, parviennent à son oreille, indiquant une présence humaine. Fantômette écoute, attentivement.

« Il y a un homme... non, plusieurs... combien sont-ils ? deux... trois... »

Un craquement se produit dans l'escalier menant au second étage, là où les moniteurs se sont installés. Un instant de calme, puis une autre série de craquements, une porte qui claque, des bruits de voix atténués par l'épaisseur du plafond. Après une sorte de choc, comme en produirait un meuble que l'on renverse, d'autres claquements encore, des exclamations et des cris.

« Mille pompons ! Que se passe-t-il là-haut ? Il faut que j'aille voir ça de plus près ! »

Fantômette saute hors de son lit, traverse le dortoir sur la pointe des pieds, ouvre la porte. Les bruits lui parviennent plus distinctement. Selon toute apparence, on se bat à l'étage supérieur. La jeune aventurière va pour gravir l'escalier, lorsqu'une lumière jaillit en haut des marches. Elle recule rapidement et revient dans le dortoir, dont elle rabat la porte, sans toutefois la fermer complètement. À travers l'entrebâillement, elle peut ainsi observer un étrange spectacle.

Deux hommes sortent de la chambre des moniteurs. Ils portent un troisième individu (endormi, évanoui ou peut-être mort !). L'un le tient par les épaules, l'autre par les jambes. Le curieux trio descend l'escalier et passe à faible distance de Fantômette, qui perçoit une bizarre odeur de produit chimique.

« Ça sent le chloroforme ! Ce bonhomme vient sans doute d'être endormi ! Je voudrais bien voir sa tête... »

Mais comme l'escalier forme un coude, la lumière issue de l'étage laisse dans l'ombre la partie basse, et Fantômette ne peut apercevoir aucun détail. Les trois hommes s'éloignent.

« Il se produit d'étranges choses dans ce chalet ! Si je comprends bien, il y a eu une bagarre, et on vient d'évacuer un blessé... plus ou moins endormi ! »

Un moment après, deux silhouettes remontent l'escalier, retournent dans la chambre des moniteurs, et le même manège recommence. Fantômette étouffe une exclamation :

« Comment ! Ils descendent encore un chloroformé ! »

Effectivement, les deux hommes transportent un corps aussi inerte que le premier. Ils disparaissent dans le noir, puis surgissent quelques instants plus tard. Toujours dissimulée derrière la porte du dortoir, Fantômette agite vivement ce qu'elle appelle les muscles de son cerveau, pour essayer de comprendre. Ses réflexions sont interrompues par une nouvelle apparition des deux individus qui, une fois de plus, *portent un corps inerte*.

La jeune fille se mord les lèvres.

« Ah ! ça mais ! Que s'est-il passé, là-haut ? Nous avons affaire à de drôles de moniteurs ! Si je comprends bien, ils se sont battus avec des gens venus de l'extérieur, *mais je ne sais pas qui a gagné !* J'ai bien envie d'aller jeter un coup d'œil dans leur chambre... »

Elle sort du dortoir, monte quelques marches, tourne le coude de l'escalier... et s'arrête net.

Un homme se tient sur le palier.

Il grogne :

— Où allez-vous ? Retournez vous coucher immédiatement !

Fantômette tressaille. Elle a soudain l'impression d'avoir déjà entendu cette voix. Elle cherche à distinguer le visage du moniteur – mais est-ce un moniteur ? – et ne peut voir ses traits, car un bonnet enfoncé sur les oreilles lui cache une grande partie de la tête. Elle fait demi-tour, tandis que l'homme profère une menace :

— Et ne sortez plus, sinon vous aurez affaire à moi !

À l'instant où elle franchit la porte du dortoir, elle entend remonter les deux autres individus. Puis tous trois retournent dans la chambre du haut, et c'est le silence.

Fantômette regagne son sac de couchage, réfléchit :

« Voyons... qui a été blessé ? Nos moniteurs ? Ou au contraire ont-ils assommé ou endormi les visiteurs ? De curieux visiteurs en tout cas, puisque l'entrevue s'est plutôt mal terminée... Je voudrais bien savoir où les victimes ont été emmenées... Dans quelque cave, peut-être... ou dehors ?... Maintenant que tout le monde s'est couché, je vais pouvoir ressortir pour faire une petite enquête... »

Elle quitte son lit, s'approche de la porte, pose sa main sur la poignée, appuie et grogne :

« Mille millions de sapristis ! »

La porte est fermée à clef.

chapitre 4

Fantômette entend des voix

« Oh ! oh ! Ces messieurs ne veulent pas que nous allions tirer au clair les diableries de ce chalet... Très bien. Passons par la fenêtre. »

Pour éviter que le froid la saisisse, elle revêt le costume qu'elle met toujours lors de ses expéditions nocturnes, agrafe sur ses épaules une large cape de soie rouge et noire, puis ouvre délicatement la fenêtre...

Elle se retourne pour s'assurer qu'aucune des filles ne l'observe. Des respirations régulières et quelques ronflements démontrent que le dortoir est plongé dans un sommeil profond. Même les bruits de la bataille n'ont réveillé personne.

« Allons-y ! »

Elle enjambe la fenêtre, pose le pied sur une étroite corniche qui marque la séparation entre le premier et le second étage, puis, en s'accrochant aux planches dont la façade est faite, progresse jusqu'à la cheminée. Ses grosses pierres irrégulières en facilitent l'escalade. Quelques instants plus tard, la jeune aventurière se trouve sur le toit couvert de neige. Elle se met à ramper pour atteindre une lucarne, lorsqu'un murmure lui parvient. Un bruit de voix assourdies. Pourtant, un coup d'œil aux alentours lui confirme qu'elle est seule.

« Bizarre... Je suis donc comme Jeanne d'Arc, qui entendait des voix ?... Je me demande d'où cela peut venir... »

Soudain, elle comprend : la cheminée ! Les sons proviennent du second étage, montent jusqu'au niveau du toit, sortent sous le chapeau de tuiles qui coiffe l'ouverture. Fantômette approche son oreille et peut entendre clairement – grâce au silence de la nuit – une conversation que les premiers mots révèlent comme particulièrement intéressante. Un homme pose des questions, un autre répond :

— Vous pensez que notre petite affaire va marcher ?

— Évidemment. Si je me lance dans une entreprise aussi délicate, c'est pour réussir !

— Pourtant, c'est ce que vous disiez la dernière fois, et nous nous sommes retrouvés entre les quatre murs d'une cellule.

— À cause de cette maudite Fantômette ! Sans

elle, tout aurait marché comme sur des patins à roulettes...

— Alors, vous croyez que maintenant... ?

— Je ne crois pas, je suis sûr. Elle n'est pas là pour saboter notre travail, donc tout ira bien.

Sur le toit, Fantômette esquisse un sourire. Elle vient de reconnaître la voix qui a prononcé les derniers mots.

« C'est le Furet ! Il bavarde avec son complice, le prince d'Alpaga. Un troisième bandit doit se trouver avec eux, le gros Bulldozer. »

Le Furet ! Un affreux malfaiteur au regard méchant, au nez pointu, contre lequel Fantômette doit lutter sans cesse ! Le dernier combat a eu lieu sur les bords de l'Atlantique, à grand renfort de scaphandres, de canots pneumatiques et de vedettes[1]. La jeune justicière a fait échouer l'entreprise de ses adversaires, mais voici qu'ils reparaissent une fois de plus !

« Qu'est-il donc en train de mijoter ? Encore une de ses inventions malhonnêtes, sûrement ! »

Le silence s'établit pendant un moment, puis la voix du Furet s'élève de nouveau :

— Mon cher prince, tu as pu constater que, jusqu'à présent, tout se déroule selon nos plans.

— Oui, mais les risques sont gros...

— Et les gains, donc ! Tu n'as pas calculé ce que nous allons gagner ? Une fortune, mon cher,

1. Voir *Opération Fantômette*, dans la même collection.

une vraie fortune ! Et grâce à moi, grâce à mon esprit inventif, à mon cerveau génial.

— Il faut reconnaître que vous avez eu une idée extraordinaire, mon cher Furet.

— Oui, extraordinaire. C'est le mot. Comme toutes mes idées, d'ailleurs. Je le dis modestement. Mais assez bavardé ! Faisons comme le gros Bulldozer, dormons !

— Bonne nuit, chef !

— Bonne nuit.

Il n'y a plus rien à apprendre. Fantômette redescend le long de la cheminée, longe la façade en sens inverse et repasse par la fenêtre. Personne dans le chalet ne semble avoir remarqué son escapade. Elle se déshabille, se glisse dans le sac de couchage et réfléchit.

« Que le Furet et sa bande soient en train de préparer un mauvais coup, c'est certain. Mais lequel ? Avec ces messieurs, on ne sait jamais ce qui va arriver... Et cela ne m'explique pas le va-et-vient qui s'est produit tout à l'heure... J'ai l'impression qu'ils ont assommé nos moniteurs... Et je ne peux rien faire pour eux en ce moment... Il faut attendre l'instant favorable... Bien, attendons ! »

Elle se tourne sur le côté droit, cache son nez sous la couverture et s'endort.

Aucune âme ne veille plus dans le Chalet du Diable.

chapitre 5

Une brillante leçon de ski

Quand le soleil se lève sur les Alpes, les vallées sont encore enfoncées dans une brume grisâtre. Mais les sommets aigus se colorent de teintes flamboyantes, où le rose et l'orangé se mêlent au pourpre et à l'or. Si quelque nuage passe, il barbouille de mauve la crème glacée qu'un pâtissier géant a déposée sur les pics.

Ce panorama est admiré par la grande Ficelle, tôt réveillée. Elle secoue Françoise qui dort profondément, lui hurle dans l'oreille :

— Hé ! Debout tout de suite ! Viens contempler une magnifique carte postale !

Françoise émet un grognement et s'enfonce plus profondément dans le sac de couchage. Ficelle se tourne alors vers Boulotte.

— Holà, grosse bonbonne ! Regarde ces montagnes, si elles sont ébouriffantes !

La bonbonne ne bouge pas d'un millimètre.

— Ah ! vous n'avez pas l'œil d'un artiste ! Moi, j'ai l'œil fortement artistique !

Les exclamations de Ficelle contribuent à tirer de leur sommeil les autres filles. Elles bâillent, effectuent quelques étirements, et peu à peu se lèvent, encouragées par une voix qui crie :

— Allons, debout tout le monde !

— Tiens ! dit Ficelle, nous avons un nouveau moniteur ?

Elle regarde plus attentivement l'homme qui vient d'entrer, pousse un cri et se jette sur Françoise pour la secouer en balbutiant :

— Oh ! tu as vu ? Ce n'est pas possible !

La brunette regarde vers l'extrémité du dortoir. L'homme qui vient de parler, c'est le Furet ! Ficelle se fourre soudainement la tête dans son sac, comme une autruche. Son affolement est bien compréhensible. En compagnie de Françoise et de Boulotte, elle ont déjà eu affaire au terrible bandit. Elle a même facilité son arrestation[1].

Derrière le Furet apparaît un homme mince, qui porte avec élégance un complet bleu ciel orné d'un col blanc. Il est accompagné d'un gros homme massif aux épaules de catcheur.

Ficelle a sorti la tête du sac et fixe sur eux des yeux qu'arrondit l'épouvante.

1. Voir *Fantômette au carnaval*, dans la même collection.

— Le prince d'Alpaga !... Bulldozer !... Toute la bande !... Ils vont nous tuer pour se venger !

Le Furet vient d'observer l'ensemble du dortoir. Son regard perçant se pose sur le petit groupe que forment Ficelle, Françoise et Boulotte. Il sursaute, pince ses lèvres minces, réfléchit une seconde, puis s'avance résolument. Affolée, Ficelle escamote de nouveau sa tête dans le sac de couchage. Souriant, le Furet s'approche et explique à mi-voix :

— Ne craignez rien, nous n'avons pas l'intention de vous faire du mal. On nous a libérés sur parole, et maintenant nous sommes moniteurs de ski. Vous voyez que c'est un métier bien honnête, n'est-ce pas ?

Françoise approuve d'un signe de tête et demande :

— Mais les trois moniteurs blonds qui nous ont amenés ici, où sont-ils ?

— Leur rôle est terminé désormais. Ils sont redescendus à Chamoix, par le téléphérique. Maintenant, c'est Alpaga, Bulldozer et moi qui allons nous occuper de la colonie pendant tout son séjour au chalet.

Ficelle sort timidement sa tête et dit en hésitant :

— C'est... c'est bien vrai ?... Vous n'allez pas vous... venger ?

Le Furet se met à rire.

— Allons donc ! Vous plaisantez ?... Bien sûr,

il y a eu autrefois un petit malentendu entre nous, mais maintenant c'est oublié. Allons, faites un brin de toilette, et que tout le monde vienne dans la grande salle pour le petit-déjeuner !

À ces mots, la gourmande Boulotte saute vivement hors de son lit de camp en poussant un cri de joie. Du moment qu'il est question de petit-déjeuner, tout va bien. Ficelle, à la fois surprise et rassurée, se tourne vers Françoise :

— Tu as entendu ? Nous allons avoir d'anciens bandits comme moniteurs ! C'est extramidable !

— Oui. J'espère qu'ils ont *réellement* cessé d'être des bandits...

— Oh ! c'est sûr ! Sinon ils seraient encore en prison.

Les jeunes personnes se frictionnent rapidement le bout du museau. Après cette toilette minutieuse, elles se ruent vers la salle commune, où la cuisinière a préparé une imposante quantité de café au lait. Boulotte est ravie de boire du lait provenant de véritables vaches d'alpages, bien supérieur à celui que l'on trouve en ville dans des boîtes rectangulaires en carton étanche.

Le Furet, Bulldozer et le prince d'Alpaga ont pris place à une petite table séparée et mangent de fort bon appétit. Ficelle les considère un instant et se penche vers ses deux amies pour leur confier :

— À les voir comme ça, on ne croirait jamais

que ce sont des ex-horribles malfaiteurs ! Si nous racontions aux autres filles qu'ils ont essayé cent fois de nous assassiner, elles ne voudraient jamais nous croire !

Son petit-déjeuner terminé, le Furet claque des mains.

— Maintenant, vous pouvez aller jouer dehors. Mais ne vous éloignez pas du chalet, il y a des crevasses dangereuses et vous risqueriez d'y tomber.

Une des filles, qui a sur le nez une très jolie collection de taches de rousseur, lève le doigt.

— Monsieur, est-ce que vous allez nous donner des leçons de ski ?

— Des leçons de ski ?

— Oui, m'sieur. Les moniteurs nous ont dit qu'on nous apprendrait à skier...

Pendant une seconde, le Furet a l'air embarrassé. Mais il se ressaisit très vite :

— Bien sûr, nous allons vous apprendre. Heu... Bulldozer, tu montreras à ces demoiselles comment on s'y prend...

— Qui ? Moi ?

— Oui, bien sûr.

— Mais... je ne sais pas...

D'un geste impératif, le chef fait signe au grand gaillard de ne pas insister. Sans enthousiasme, Bulldozer se dirige vers une sorte de remise proche de la grande salle. Désignant un râtelier où s'alignent les paires de skis, il grogne :

— Voilà ! Vous mettez ces planches à vos pieds, vous prenez à la main ces espèces de bouts de bois, et hop ! vous glissez sur la neige. Ce n'est pas bien sorcier...

La colonie sort du chalet en poussant des cris de joie. La brume du matin se dissipe. Le soleil fait scintiller les stalactites de glace qui pendent à la balustrade, aux gouttières du toit ou aux branches des épicéas.

Françoise chausse ses skis, enclenche les fixations destinées à les empêcher de s'échapper en cas de chute, abaisse sur ses yeux des lunettes noires et s'élance sur une pente qui s'achève à la lisière d'une forêt proche.

Ficelle la regarde faire en ouvrant une bouche ronde.

— Oh ! Tu as vu ça, Boulotte ? Françoise sait faire du ski ! Elle ne me l'avait pas dit... En tout cas, ça ne me paraît pas bien sorcier, comme dit Bulldozer.

Elle examine les fixations, fronce le sourcil.

— Voyons... Il faut d'abord que je coince ma grande godasse dans ce machin... Oh ! là ! là ! C'est un truc tout juste bon pour se faire pincer les doigts !

Après beaucoup d'efforts, et grâce à l'aide de Boulotte, elle réussit à mettre le premier ski, puis le second.

— Victoire ! Ça y est !

Elle se relève fièrement, fait un pas... et tombe sur le derrière !

— Aïe ! Mais ça glisse !

— Il me semble que c'est fait pour ça, commente Boulotte.

Ficelle se relève avec précaution, prend ses bâtons et part sur les traces de Françoise. On la voit parcourir ainsi cinq ou six mètres, battre des bras et s'effondrer les quatre pattes en l'air. Boulotte vient l'aider à se relever, et la grande Ficelle constate d'un ton penaud :

— Ça n'a pas l'air aussi facile qu'on pourrait le croire !

— Attends, nous allons descendre en nous soutenant toutes les deux.

— Bonne idée !

Boulotte avale le morceau de chocolat blanc qu'elle est en train de croquer et met ses skis. Puis les deux filles se tiennent la main et entreprennent une nouvelle descente. Elles réussissent ainsi à parcourir une dizaine de mètres avant de se heurter, de perdre l'équilibre et de s'effondrer dans un enchevêtrement inextricable de bras, jambes, skis et bâtons !

Françoise, qui vient de remonter la pente, assiste à l'atterrissage forcé en éclatant de rire.

— Bravo ! Encore quelques petits essais, et vous serez bonnes pour les jeux Olympiques !

Au pied du chalet, le gros Bulldozer encourage les efforts des débutantes de la voix, mais non du geste. Comme il vient pour la première fois à la montagne, il s'est bien gardé de fixer à ses chaussures quoi que ce soit qui puisse ressembler à une paire de skis. Quant au Furet et au prince d'Alpaga, ils sont restés à l'intérieur de la bâtisse.

La matinée passe très vite. L'absence de moniteurs qualifiés n'a guère gêné les filles qui se sont amusées comme des écervelées, courant, glissant, tombant et riant aux éclats. L'appétit stimulé par le grand air et le mouvement, elles ont englouti le déjeuner. Boulotte s'est particulièrement distinguée dans cet exercice, mangeant à elle seule une triple ration.

À la fin du repas, le Furet fait une annonce :

— Cet après-midi, nous contournerons le sommet de la Dent du Diable pour voir ce qu'il y a sur l'autre versant. Nous ferons aussi une petite opération stratégique que je vous expliquerai. Pour l'instant, vous avez droit à une sieste digestive.

Les trois hommes montent dans la chambre du second étage, et les filles se rendent au dortoir. Quelques-unes s'allongent sur leur lit ; d'autres écrivent des lettres ou se livrent à cette agréable occupation qu'est le bavardage. Ficelle prend sa radio et appuie sur le bouton.

C'est alors qu'un fait bizarre se produit.

chapitre 6

Le mystère des radios

La radio reste muette.

Ficelle éteint, rallume, presse le bouton de recherche des stations, puis secoue le poste sans résultat.

— Pâte à papier ! Il est en panne !

— La pile est peut-être à plat, dit Boulotte qui suce des bonbons au miel des Alpes.

— Non, je l'ai changée avant de partir. Elle est neuve. Je me demande si ce n'est pas une panne de carburateur...

— Tu crois qu'il y a des carburateurs dans les radios ?

— Peut-être. L'autre jour, la voiture de mon oncle est tombée en panne à cause du carburateur.

— Une voiture, ce n'est pas la même chose qu'un poste !

— Mais si, puisque ça peut aussi tomber en panne.

Françoise intervient.

— Fais voir, Ficelle...

Françoise prend l'appareil et, au moyen d'une pièce de monnaie, dévisse le boulon de la plaque fermant le logement de la pile. Elle regarde l'intérieur, puis dit avec un sourire :

— Ma vieille Ficelle, j'ai l'impression que tu as enlevé la pile, peut-être pour la changer, mais que tu as oublié d'en remettre une neuve...

— Quoi ?

Ficelle regarde à son tour et s'écrie :

— Ce n'est pas possible. Je suis sûre d'avoir mis une pile neuve à la maison, avant de partir. J'ai même eu un mal fou à la faire rentrer, parce que je l'avais coincée de travers... et d'ailleurs...

Elle se frappe le front.

— La pile était bien dedans quand nous sommes venues ici, puisque j'ai fait marcher le poste dans le car !

Françoise fronce les sourcils.

— Tiens ! C'est vrai. Tu as raison...

— J'ai toujours raison. Quelqu'un a pris ma pile ! Ah ! ça ne va pas se passer comme ça ! Je vais faire fouiller tout le monde ! C'est une honte d'être la pauvre victime des voleurs de piles ! Je vais...

— Attends, calme-toi...

— Non, je ne me calmerai pas ! Je suis sûre que c'est la petite rouquine qui me l'a prise !

— Zézette ?

— Oui.

— Pourquoi ?

— *Elle aussi a un poste.*

— Cela ne prouve rien, voyons !

— Mais si ! Sa pile devait être à plat, et elle a trouvé tout simple de me piquer la mienne ! Je vais lui faire manger de la neige !

Furieuse, elle traverse le dortoir à l'extrémité duquel la rousse Zézette lit tranquillement un magazine, assise sur son lit. Ficelle l'interpelle :

— Fais voir ta radio !

Étonnée, Zézette lève les yeux.

— Comment ?

— Fais-moi voir ton poste tout de suite ! Je veux voir ce qu'il y a à l'intérieur !

— Mais... que veux-tu qu'il y ait ?

— Quelque chose que tu m'as pris.

— Moi ? Je ne t'ai rien pris du tout !

— Si ! Fais-le voir !

Zézette hausse les épaules et sort l'appareil d'une valise.

— Le voilà ! Regarde toi-même.

La discussion a attiré l'attention des autres filles. Bientôt, toute la colonie se trouve réunie autour de Ficelle, qui dévisse le panneau du poste comme l'a fait Françoise. Elle pousse une exclamation de surprise :

— Oh ! il n'y a plus de pile !

Zézette regarde.

— Tiens ! En effet... Pourtant il y en avait une hier... Où est-elle passée ?

Françoise s'est adossée à une fenêtre. Elle sifflote entre ses dents, tout en tortillant une de ses boucles noires autour de son index. Soudain, elle élève la voix :

— Écoutez, quelles sont encore celles qui ont apporté une radio ici ?

— Moi ! fit une petite blonde à lunettes, j'ai un mini-poste japonais.

— Vérifie s'il fonctionne.

La petite blonde court chercher un objet à peine plus gros qu'un paquet de cigarettes et appuie sur le bouton.

— Oh ! il ne marche plus !

Une fois l'appareil ouvert, on constate que la pile s'est envolée. Ficelle s'exclame :

— C'est assourdissant ! Il y a dans ce chalet un détrousseur de radios ! Ou une détrousseuse... Allons, que celle qui a volé les piles lève la main !

Aucune main ne se lève.

— Évidemment, elle ne veut pas se dénoncer ! Puisque c'est comme ça, je vais le dire à nos moniteurs !

Elle se ravise brusquement, s'approche de Françoise et la prend à part pour lui confier :

— Dis donc, c'est peut-être le Furet qui a fait le coup ? C'est un voleur professionnel, lui !

Françoise fait la moue.

— Cela me paraît bien douteux... Que veux-tu qu'il fasse avec des piles ? Ce n'est pas ce genre de choses qui l'intéresse habituellement. Il préfère les diamants, l'or ou les bijoux.

— Alors ?

— Alors, je n'en sais pas plus que toi.

La grande Ficelle soupire.

— Ah ! si Fantômette était là, elle saurait bien l'éclaircir, ce mystère !

chapitre 7

Un exercice stratégique

— Rassemblement, mesdemoiselles, rassemblement ! crie le Furet en claquant des mains. Nous allons explorer les hauts sommets !

Cette déclaration est accueillie par un « Ah ! » général de satisfaction. On se bouscule pour mettre les grosses chaussures, les bonnets, les moufles. Quand tout le monde est équipé, on sort du chalet, et une colonne se forme pour se lancer à l'assaut de la montagne.

En fait, il ne s'agit pas d'escalader le sommet de la Dent, ce qui aurait nécessité du matériel, des cordes et des crampons ; mais simplement de tourner autour.

Le Furet marche en tête, tenant d'une main un plan de la région, de l'autre une paire de jumelles. Derrière lui se presse le gros Bulldozer. Le prince d'Alpaga ne fait pas partie de l'expédition ; il est resté au chalet. Vient ensuite la colonne des filles. Elles chantent le refrain bien connu : « Faire du traîneau, c'est rigolo ! »

— Un traîneau, dit Ficelle, je voudrais bien en avoir un. Je le ferais tirer par une douzaine de saint-bernard et hop ! je me laisserais glisser sur la neige sans me fatiguer. On ne pourrait pas en fabriquer un avec une paire de skis ?

— Peut-être, répond Françoise, mais où trouverais-tu douze chiens ?

— Je pourrais à la rigueur m'en passer... Toi et Boulotte me prendriez en remorque... Tu te ferais les muscles et Boulotte perdrait sa graisse.

— Merci pour ta généreuse proposition !

Le contournement de la Dent du Diable demande une bonne demi-heure. Quand toute la troupe se trouve réunie sur l'autre versant, le Furet ordonne une halte. Il grimpe sur un piton rocheux et prend ses jumelles pour examiner la vallée qui s'étend à ses pieds, désignée sur les cartes de la région sous le nom de Vallée des Sapins. Un grand nombre de ces arbres la garnissent, tantôt isolés, tantôt se groupant en bouquets ou en massifs plus épais. Çà et là, des roches émergent de la neige ; des creux remplis d'ombre révèlent la nature tourmentée de la pente qui interdit à cet endroit la pratique du ski. Un peu plus bas, le versant est coupé par une très longue faille qui s'étend jusqu'à Chamoix. De telle sorte que la seule voie d'accès au chalet est le téléphérique. Cet énorme coup de hache dans la Dent s'appelle crevasse de Coryza, nom du village s'étendant au-delà, dans le creux de la vallée.

Le Furet paraît satisfait de son inspection, car un fin sourire se dessine sur ses lèvres minces. Il se tourne vers les vacancières et dit d'une voix claironnante :

— Mesdemoiselles, nous allons organiser un petit jeu.

— Aaaah ! fait le chœur des filles.

— C'est une sorte de jeu de cache-cache un peu particulier dont je vais vous préciser les règles.

La colonie forme un cercle, en se rapprochant du Furet pour mieux entendre ses explications. Il tend le bras, désignant un rocher pointu qui s'élève au bord de la faille.

— Vous voyez cette espèce de rocher en pointe, là-bas ?

— On dirait une pyramide, remarque Ficelle.

— C'est vrai. Appelons-le la pyramide. Avec mon collègue, je vais me rendre à cet endroit. Dès que nous y serons, je lancerai un coup de sifflet. Et vous toutes devrez descendre la pente *sans que nous puissions vous voir*.

— Il faudra se cacher, alors ? demande Ficelle.

— Bien sûr. Glissez-vous derrière les arbres, les bosses du terrain. Au besoin, rampez dans la neige. Vous devez vous rapprocher de la pyramide, tout en restant cachées le plus longtemps possible. Dispersez-vous, ne suivez pas toutes le même chemin. Compris ?

— Oui, oui ! font les filles.

— Très bien. Je vais déclencher mon chronomètre. Vous pouvez commencer tout de suite à vous cacher.

Tandis que la colonie se disperse, le Furet et Bulldozer descendent rapidement vers la pyramide. Bulldozer grogne :

— Chef, qu'est-ce que ça veut dire, tout ça ? Vous mijotez un nouveau truc ? Ça ne m'amuse pas du tout de jouer à cache-cache avec ces gamines !

— Oh ! moi non plus. Mais je ne fais pas cela pour m'amuser. Cet exercice est prévu dans mon plan.

— Quel plan, chef ?

— Le mien.

— Ah ? Je ne comprends pas très bien ce que vous préparez...

— Ne cherche pas à comprendre. Mon cerveau se charge de tout, et cela doit te suffire.

— Bien, chef. C'est un plan génial, au moins ?

Le Furet a un sourire.

— Évidemment.

Bulldozer réfléchit une seconde, et grogne :

— L'ennuyeux, chef, c'est que vos plans géniaux finissent toujours par nous conduire en prison...

Le Furet se renfrogne. Il hausse les épaules, prend les jumelles et commence à observer les mouvements stratégiques de la colonie.

L'annonce d'un jeu de cache-cache a rempli Ficelle et Boulotte d'enthousiasme. L'idée ne les a pas effleurées que les bandits, bien loin de remplir une fonction de moniteurs honnêtes et consciencieux, préparent peut-être quelque machination trouble. En revanche, Françoise reste sur la réserve. Elle scrute le visage du Furet pour tâcher d'y découvrir les traces d'une nouvelle fourberie. Cependant le Furet semble prendre son rôle avec une bonhomie souriante...

« Bah ! on verra bien... » se dit la brunette, en suivant les traces de Ficelle qui déjà se glisse derrière un fourré saupoudré de frimas. Les autres filles se dispersent dans la nature, cherchant le couvert des troncs, masquant leurs déplacements derrière les irrégularités du relief. À quatre pattes dans la neige, Boulotte progresse en mâchant avec énergie un gros morceau de caramel mou qu'elle a acheté à Chamoix. Ficelle se dit que, si elle était invisible, personne ne la verrait. Réflexion évidente apparemment, mais pas aussi absurde qu'on pourrait le croire. Car on peut devenir invisible lorsqu'on est sur la neige : il suffit d'être blanc. C'est d'ailleurs ce que les ours polaires ont compris depuis longtemps. La couleur blanche de leur fourrure leur assure un parfait camouflage. Ficelle pense :

« Il faudrait que je sois enveloppée dans une sorte de manteau blanc. »

Le Furet fait exactement la même réflexion. Il dit à son complice :

— On ne les voit presque pas, et si elles étaient vêtues de blanc, on ne les verrait pas du tout... Je crois qu'il y a là une idée à creuser...

Le gros Bulldozer fourrage dans sa tignasse et grommelle :

— Chef, je ne comprends toujours pas pourquoi vous leur faites faire cet exercice... Ça me rappelle l'armée, quand il fallait se déplacer en rampant pour que l'ennemi ne nous découvre pas...

— C'est précisément ce genre d'exercice qui m'intéresse. Je veux en trouver une qui soit capable de venir depuis le chalet jusqu'ici sans se faire voir.

— Se faire voir par qui ?

— Tu le sauras plus tard, mon gros.

Le Furet reprend ses jumelles.

— Ah ! en voici une qui avance sur une zone découverte... Et celle-ci ne se baisse pas assez, j'aperçois le haut de son bonnet... Je choisirai celle qui arrivera ici la première.

Une minute plus tard, une voix crie : « Coucou ! » dans le dos des deux hommes. Ils se retournent. Françoise est là, adossée à la pyramide, souriante. Le Furet s'exclame :

— Par exemple ! Comment vous y êtes-vous prise ? Nous ne vous avons pas vue !

— J'ai fait ce que vous m'avez recommandé. J'ai utilisé les bosses et les creux du terrain pour me cacher.

— Bravo ! Vous êtes aussi adroite qu'un renard. Et vous vous appelez ?... Françoise, je crois ?

— Oui, c'est mon nom.

Il arrête le chronomètre et dit :

— Puisque vous avez été la première à effectuer le parcours fixé, c'est vous que je choisis pour être la pionnière du grand jeu qui aura lieu demain. Entendu ?

— Oui, mais que va-t-elle faire, cette pionnière ?

— Elle devra transporter secrètement un paquet depuis la station du téléphérique jusqu'ici.

— Bon. Ce ne doit pas être bien difficile. Et que contiendra ce paquet ?

— Ah ! c'est la surprise. Le paquet ne devra être ouvert qu'à la fin du jeu.

Une silhouette surgit à quelques mètres devant la pyramide. C'est Zézette, qui s'est approchée en se dissimulant derrière un boqueteau. Peu à peu, d'autres filles apparaissent, et bientôt toute la colonie se trouve réunie au pied de la pyramide.

— Ce n'était pas mal du tout, approuve le Furet. Ceci fait partie d'un grand jeu qui aura lieu bientôt, lorsque nous aurons établi un téléphérique.

C'est un cri de surprise général.

— Un téléphérique, s'écrie Ficelle, c'est surprisant ! On pourra monter dedans ?

— Non, non ! Nous n'allons pas construire un appareil à cabine comme celui que nous avons pris. Nous allons faire une petite benne qui nous permettra de...

Il marque un temps d'arrêt. Les vacancières écoutent de toutes leurs oreilles. Le Furet hoche la tête.

— Pour l'instant, je garde le secret...

— Oh ! fait le chœur des filles.

— Vous saurez tout demain. En attendant, je vous félicite pour la ruse que vous avez montrée en profitant du terrain, comme disent les militaires. Maintenant, nous allons rentrer au chalet.

Le retour se fait dans un grand brouhaha de conversations. Le Furet prend Françoise à part et demande :

— Dites-moi, seriez-vous assez habile pour vous confectionner une sorte de manteau blanc qui vous envelopperait ?

— Pour me camoufler ?

— Oui.

— Je pense, oui. Avec des chiffons et du papier, je peux me tailler un survêtement. Je ne dis pas que ce sera très solide...

— Aucune importance ! C'est juste pour le jeu. Vous n'aurez à le porter qu'une fois.

— Bon, alors ce sera facile.

— Très bien ! Vous verrez, nous allons bien nous amuser...

Il accompagne cette phrase d'un sourire bizarre qui n'échappe point à la brunette, puis s'approche de Bulldozer, lequel continue à se demander quel but son chef cherche à atteindre. Le Furet dit à voix basse :

— Mon bon gros, nous allons réaliser la plus belle opération de notre carrière ! Jusqu'à présent, tout tourne rond. Que chacun fasse son travail, et ça ira bien.

Bulldozer hoche la tête.

— Moi, je veux bien faire ce que vous me demanderez, mais le prince d'Alpaga, lui, il est en train de se tourner les pouces ! C'est le champion de la flemme, celui-là !

Le Furet fronce les sourcils.

— Tu te trompes. Alpaga obéit à mes ordres.

— Il ne fait rien.

— Erreur ! *Il veille.*

— Heu ?

— Mais oui. Pourquoi crois-tu qu'il soit resté au chalet ? Tu sais bien qu'*on ne peut pas les laisser sans surveillance* !

Le visage du gros homme s'éclaire.

— Ah ! c'est vrai, chef, vous avez raison...

— J'ai toujours raison. Rien ne peut s'opposer à notre réussite.

Bulldozer gratte le bout de son nez, hésite, puis dit :

— Chef, nous avons de la chance.

— De la chance ? Pourquoi ?

— Eh bien... si Fantômette était dans les parages, elle pourrait nous causer des ennuis...

Le Furet ricane.

— Fantômette ? Allons donc ! Il y a longtemps qu'elle nous a oubliés... Nous sommes tranquilles !

Le Furet serait beaucoup moins rassuré s'il savait que Fantômette, en ce même instant, *ne le quitte pas du regard* !

chapitre 8

Les trois valises

— Et comment l'avez-vous préparée, cette fondue ? demande Boulotte à la cuisinière.

— C'est bien simple, ma petite demoiselle, je mets dans la marmite moitié de gruyère et moitié d'emmenthal émincés, j'ajoute du sel, du poivre, du vin blanc, je fais cuire à feu très doux en remuant bien avec une grande cuiller en bois. Il ne faut pas qu'il y ait de grumeaux, vous savez ? Puis j'ajoute un peu de kirsch...

Les jeunes convives piquent des petites tranches de pain sur leur fourchette, les plongent dans la grande marmite et les ressortent en allongeant le bras, étirant le fromage en fils interminables. Le tout accompagné de rires et de petits cris. Dans la cheminée, des bûches de sapin pétillent en lançant des flammes rouges qui, par contraste, semblent rendre la nuit plus noire et plus froide.

Après la fondue, un riz au lait est servi. Et après le riz au lait, Zézette entreprend de chanter le grand air « Faire du traîneau, c'est rigolo », repris en chœur par la colonie tout entière. Ficelle, qui chante sur un mode aigu bien fait pour transpercer les tympans, se tait brusquement en considérant un coucou accroché au centre de la cheminée.

— Oh ! il est neuf heures ! Taisez-vous, taisez-vous ! Il y a *Musicoscope* à la télé !

— Mais oui ! C'est vrai ! s'écrient les filles, on veut voir *Musicoscope* ! M'sieur, on peut ?

Le Furet fait un geste négatif.

— Impossible !

« Oh ! » collectif de déception.

Le Furet consent à expliquer :

— Ce n'est pas que je veuille vous empêcher de voir cette émission, mais le téléviseur est en panne. J'ai essayé de le faire marcher tout à l'heure, et il refuse de s'allumer. Tenez, vous allez voir... Ou plutôt, vous n'allez rien voir du tout...

Il appuie sur une touche, attend. Aucun son ne se fait entendre, aucune image n'apparaît.

— Voilà, pas de son, pas d'image. Je regrette... Mais vous pouvez continuer de chanter, si ça vous amuse.

Profitant de la permission, les jeunes vacancières se consolent en hurlant de plus belle l'air du traîneau. Bientôt assourdis, le Furet et ses complices battent en retraite et montent dans leur chambre. Quand elles ont suffisamment fatigué leurs cordes vocales, les filles mettent une sourdine à leur chant, bâillent et suivent le conseil de la cuisinière, qui leur suggère d'aller se coucher.

Boulotte imagine qu'elle va construire une cabine téléphérique en forme de poulet rôti ; Ficelle, plus poétiquement, rêve d'une nacelle en forme d'oiseau ; quant à Françoise, elle s'endort dès qu'elle se trouve engoncée dans son sac de couchage.

Longtemps caché derrière une cime, un croissant de lune apparaît. Il est bientôt éclipsé par un cumulus, puis il se manifeste de nouveau pour étendre une clarté douce sur la vallée. Un peu de cette lumière pâle se glisse à travers les vitres du dortoir. C'est suffisant pour que Fantômette puisse s'y mouvoir avec aisance, sans heurter les meubles.

Elle ouvre la porte facilement – cette fois-ci, le Furet ne l'a pas verrouillée – et sort. Elle longe un couloir, descend l'escalier de bois jusqu'à la salle commune et s'arrête sur le seuil.

Tout est silencieux, à part le sec tic-tac du coucou. La jeune aventurière traverse la pièce, s'approche du téléviseur, le contourne et sort d'une petite poche une lampe électrique qui aurait pu se loger dans une boîte d'allumettes. Elle projette un faisceau mince mais très blanc, qui éclaire la plaque isolante destinée à protéger l'arrière du poste. Avec la lame d'un canif, Fantômette enlève les quatre vis qui maintiennent la plaque, l'ôte et examine les organes du téléviseur. Une multitude de lampes, de condensateurs, de fils et de résistances embrouillés d'une manière apparemment inextricable. Un horrible casse-tête, qui toutefois ne paraît pas effrayer la jeune fille. Elle examine l'appareil pendant deux ou trois secondes, tapote un tube du bout des doigts, gratte des connexions, puis découvre ce qu'elle cherche : une trace noirâtre sur un fil.

« C'est bien ce que je pensais. Ce fil a été grillé par une étincelle. On a provoqué un court-circuit en le touchant avec un objet de métal. Peut-être un couteau ? C'est un joli petit sabotage. »

Fantômette revisse la plaque, réfléchit un instant, et sort de la grande salle. Elle est sur le point de remonter l'escalier, mais se ravise. Cet escalier ne s'arrête pas au rez-de-chaussée, mais s'enfonce dans un sous-sol noir. Fantômette descend quelques marches, braque sa lampe devant elle. Le rayon s'accroche au bois d'une porte massive.

« Tiens ! une cave... Dans un chalet de montagne ? C'est curieux... Pourtant, il n'y a pas de vignobles par ici... Ah ! j'y suis. Ce n'est pas une cave à vins, mais à fromages. On doit y trouver du beaufort ou du reblochon... À moins qu'il n'y ait là tout autre chose... »

L'aventurière approche son oreille d'une fente

qui court entre deux planches mal jointes, et perçoit le bruit d'une respiration. Elle ne peut s'empêcher de sourire. « C'est bien ce que je pensais. »

Doucement, elle gratte la porte avec l'ongle. Après un instant, une voix lui parvient :

— Qui est là ?

— Une amie. Une des filles de la colonie.

— Oh ! Faites attention ! S'ils vous surprenaient !

— Non, je ne risque rien. Ne vous inquiétez pas. Mais dites-moi... Y a-t-il des blessés parmi vous ?

— Des blessés ! Non, pourquoi ?

— J'ai eu l'impression qu'ils employaient la manière forte pour vous faire sortir du lit !

— Ah ! oui... nous nous sommes débattus, mais ils avaient du chloroforme et ils nous ont endormis... Ce sont des bandits, n'est-ce pas ? Que veulent-ils faire ?

— Je l'ignore encore.

— Libérez-nous vite, et nous leur tomberons dessus !

— Impossible ! Ils risquent d'être armés et d'exercer des représailles sur les filles. Ayez un peu de patience, j'arrangerai ça... Vous n'avez besoin de rien ? On vous donne de quoi manger ?

— La cuisinière nous apporte de la nourriture, sous la surveillance d'un de ces bandits.

— Bon. Vous pouvez dormir sur vos deux oreilles. Fantômette s'occupe de tout !

L'aventurière remonte silencieusement l'escalier, s'arrête devant le dortoir, hésite.

« Je voudrais bien en savoir un peu plus... Et pour en savoir plus, il faudrait inspecter la chambre du Furet. Si j'en profitais pendant que ces messieurs sont endormis ? C'est risqué, bien sûr... »

Fantômette hésite encore une seconde, puis se décide.

« Après tout, on verra bien... Si je n'avais pas le goût du risque, je ne ferais pas ce métier-là ! »

Elle poursuit son ascension jusqu'au second étage, éteint sa lampe lorsqu'elle a repéré la poignée de la porte. Reste à savoir si celle-ci est fermée. Fantômette pose sa main sur la poignée, tourne lentement.

La porte s'ouvre.

L'intérieur de la chambre est sombre, mais la lueur du croissant de lune pénètre par une fenêtre, et l'œil aigu de Fantômette peut discerner les principaux éléments contenus dans la pièce. À droite, alignés contre le mur, les trois lits des bandits-moniteurs fort occupés à ronfler. À gauche, une armoire, des chaises, et une grande table de style savoyard. Sur la table, trois masses sombres indiquent la présence de valises. Prudemment, en masquant le rayon de sa lampe, la jeune fille éclaire les valises. L'une, très grande, en cuir clair de belle qualité, doit contenir les innombrables costumes de l'élégant prince d'Alpaga. La seconde, en carton plus ou moins déchiré, a perdu serrures et poignée. Le couvercle ne tient plus qu'à l'aide d'une ficelle.

« Celle-ci appartient évidemment au gros Bulldozer, qui se soucie peu d'élégance. Voyons la troisième. »

Noire, plate, discrète, ce devrait être celle du Furet. Fantômette s'apprête à l'ouvrir, quand un grognement s'élève dans son dos. Rapidement, elle éteint la lampe et fait volte-face.

Dans un des lits, une silhouette s'agite. Le drap se soulève, retombe : le gros Bulldozer se retourne. Il émet un ronflement sonore, remue une paire de pieds énormes qui dépassent du lit, pousse un soupir qui ressemble d'assez près à la fuite d'air d'un pneu, puis demeure inerte. Fantômette rallume la lampe et reprend son enquête.

Elle ouvre la valise noire. Sous une chemise se trouvent quelques objets de toilette et deux paquets enveloppés de papier brun. Délicatement, elle déplie l'emballage du premier. Il contient des outils. Un tournevis, une clef anglaise, des cisailles et un rouleau de câble en acier.

« Selon les apparences, ce cher Furet a l'intention de faire du bricolage. Voyons l'autre paquet. »

Elle découvre une poulie montée sur un crochet d'acier.

« Que veut-il donc faire avec ça ? Soulever des sacs de farine ? Faire grimper un poids en haut d'une montagne ? »

Elle remet les objets en place et arrête son regard sur un gros flacon qui contient un liquide incolore. De l'eau de Cologne ? Une lotion pour la barbe ? Elle regarde l'étiquette qui porte le nom d'un pharmacien et la mention : *Eau oxygénée.*

« Tiens ! Il a besoin d'une telle quantité de désinfectant ? Il prévoit donc que la colonie va se faire beaucoup d'écorchures ? »

Elle rabat le couvercle de la valise, se retourne... et entrevoit un homme à demi sorti du lit ! Le Furet vient de se réveiller...

Il saute complètement hors de sa couche, tandis que Fantômette bondit vers la sortie en éteignant sa lampe. Le bandit crie : « Ne bougez pas ! » et ajoute machinalement : « Sinon, je tire ! » bien qu'il n'ait aucune arme en main.

Mais la jeune fille se garde bien d'obéir. Elle plonge dans les jambes du Furet qui tente de lui barrer la route et lance un coup de poing dans le noir. Le coup atteint Fantômette à l'épaule, la faisant rouler sur le plancher. Elle se relève d'un bond, saute de côté et lance un coup de pied à l'endroit approximatif où doit se situer l'estomac du Furet. Elle fait erreur, car c'est le nez du bandit qui se trouve aplati. Son propriétaire pousse un hurlement qui réveille Bulldozer et Alpaga. Peu soucieuse de devoir affronter toute la bande, Fantômette cherche à tâtons la porte, se glisse au-dehors et dégringole l'escalier en direction du dortoir.

Pendant ce temps, le prince d'Alpaga se frotte les yeux et demande :

— C'est vous qui avez crié, chef ? Que se passe-t-il ?

Il allume sa lampe de chevet, voit le Furet qui se frotte le nez en gémissant :

— Ah ! la petite peste ! Elle me le paiera ! Je vais lui tordre le cou !

— À qui ?

— À une des filles. Je viens de la surprendre. Elle fouillait dans ma valise.

— Laquelle est-ce ?

— Hé ! est-ce que je sais, moi ? J'ai juste vu une ombre. Mais je vais la retrouver. Descendons !

Ils s'élancent hors de la chambre, descendent au premier étage, entrent dans le dortoir. Le Furet appuie sur l'interrupteur et commence à inspecter les rangées de lits. Toutes les pensionnaires sont là, toutes dorment. Agacé, le Furet grince :

— Évidemment, il y en a une qui fait semblant de dormir... Mais allez donc savoir laquelle...

Très vite, le bandit se rend compte qu'il est inutile d'insister. Il fait signe à ses complices de le suivre. Les trois hommes remontent dans leur chambre et prennent bien soin cette fois de pousser leur verrou. Le Furet se remet au lit, grommelle :

— Il y a une voleuse parmi ces filles, et je n'aime pas ça. D'ailleurs, j'ai horreur des voleurs !

Le prince d'Alpaga pouffe de rire :

— Eh bien, chef, à vous entendre, on ne croirait jamais que vous êtes le roi des cambrioleurs...

Exaspéré, le Furet crie :

— Tais-toi, imbécile ! Fais comme moi, dors !

Il pique du nez dans son oreiller et s'endort en proférant des menaces indistinctes.

chapitre 9

Le petit téléphérique

Un parfum de chocolat sort de la cuisine, envahit la cage de l'escalier, se glisse sous la porte du dortoir. Il vient chatouiller les délicates narines de Boulotte, qui s'éveille en sursaut.

— Oh ! voilà un ravissant arôme chocolatesque, comme dirait Ficelle ! Qu'il va faire bon tremper des tartines beurrées dans un grand bol bien plein ! Des grandes tartines avec beaucoup de beurre !

Elle se tourne vers Françoise et demande :

— Quand tu mets du beurre sur une tartine, comment fais-tu ?

Françoise entrouvre un œil et répond :

— Je prends un couteau et j'étale le beurre sur le pain. Pourquoi ? Il y a une autre méthode ?

— Oh ! oui ! Moi, je mets le beurre dessus *et dessous*. C'est bien meilleur ! Mais il y a un inconvénient. Le beurre rend le pain étanche, et il pompe moins bien le chocolat. Ou le café au lait... Tiens, sais-tu qu'il y a trois manières pour préparer le café au lait ?

— Non. Lesquelles ? demande Françoise en bâillant.

— Premièrement, explique Boulotte, on met le lait dans le café. Deuxième système, on verse le café dans le lait. Troisième méthode : on fait boire le café à la vache.

— Oh ! très bien ! Je vois que tu t'y connais ! Quand je voudrai faire un petit-déjeuner de grand luxe, je t'appellerai !

— Tu auras raison. Pour tout ce qui touche le miam-miam, et le glouglou, mon savoir est ébouriffant, comme dirait Ficelle.

— Hé ! on parle de moi ? demande Ficelle en sortant la tête de son sac.

— Oui, dit Françoise, il paraît que tu es ébouriffée.

— C'est sûrement vrai. Je n'ai pas encore eu le temps de passer un démêloir dans mon opulente chevelure.

Les filles quittent leurs sacs de couchage, jettent un coup d'œil à travers les fenêtres pour s'assurer que la journée va être belle, puis se précipitent vers le petit-déjeuner, la cérémonie du débarbouillage étant remise à plus tard.

Tout seul à table, le Furet trempe une tartine

beurrée dans un grand bol de café au lait. Il déclare :

— Mesdemoiselles, quand vous serez prêtes, nous retournerons près de la pyramide pour mettre en place le petit téléphérique dont je vous ai parlé hier. Y a-t-il des volontaires pour m'accompagner ?

Aussitôt, vingt mains se lèvent.

Le Furet les arrête d'un geste.

— Je n'ai pas besoin de tout le monde. Trois ou quatre suffiront. Les autres peuvent aller faire du ski ou de la luge...

Après une discussion au cours de laquelle Ficelle insiste vivement pour participer à l'installation du téléphérique, le Furet décide :

— Très bien ; je vais prendre avec moi Ficelle, Françoise et Zézette.

— Vos amis ne vous accompagnent pas ? demande Françoise.

— Non. Le prince d'Alpaga est un peu fatigué. Il reste ici. Bulldozer est parti à six heures par le premier téléphérique. Il doit maintenant se trouver à Coryza, de l'autre côté du ravin. Il va nous aider à mettre en place le câble porteur.

Après une mini-toilette, les trois filles se chargent du matériel préparé par le Furet : le rouleau de câble, la poulie et les outils que Fantômette a vus dans la valise, ainsi que du fil de fer, des cordelettes et une caisse en bois.

À son départ, la petite caravane est saluée par

de grands mouvements de bras et des « au revoir ! » émouvants. On croirait qu'elle se met en route pour quelque lointaine et périlleuse expédition, telle que la conquête d'un sommet de l'Himalaya ou l'exploration d'une contrée polaire.

Le Furet et les trois filles contournent le sommet et descendent vers la faille. Ficelle demande :

— Il ne faut pas que nous nous cachions, comme hier ?

Le Furet sourit.

— Non, pour l'instant, c'est inutile. Le grand jeu n'est pas encore commencé.

— Mais... Qu'est-ce que c'est, au juste, ce grand jeu ?

— Ah ! Je ne peux encore rien dire, mais dans quelques heures, tout se déclenchera. Vous verrez, ce sera passionnant !

Le groupe descend la pente jusqu'à la pyramide et dépose le matériel. De l'autre côté du ravin, une silhouette fait des signes : le gros Bulldozer. Pour atteindre ce point, il a dû descendre par le téléphérique jusqu'à Chamoix, pour suivre la route qui mène à Coryza en longeant une partie de la faille.

Le Furet explique :

— Pour établir notre téléphérique, nous allons d'abord faire passer un fil très léger par-dessus la faille, ensuite nous le remplacerons par un câble d'acier qui soutiendra la petite caisse.

Il tire de sa poche une bobine large et plate,

sur laquelle est enroulée une ligne de pêche en nylon, en dévide quelques brasses et attache une pierre à un bout, puis grimpe au sommet de la pyramide sur laquelle il s'assoit, comme un bédouin sur la bosse d'un dromadaire.

— Maintenant, attention ! Éloignez-vous !

Il fait tournoyer la pierre comme une fronde, en cercles qui vont s'élargissant. À chaque tour, le sifflement de l'air se fait plus aigu. Quand la vitesse est assez grande, le Furet lâche tout. Le projectile bondit comme un satellite au-dessus du ravin, puis retombe en manquant de peu le gros Bulldozer, qui a juste le temps de se jeter derrière un tronc d'arbre pour éviter le choc. Il ramasse la pierre, tire sur le fil. Le Furet vient d'y attacher le câble qui est de son côté. Sous l'effort de traction exercé par Bulldozer, le câble commence à s'allonger au-dessus du ravin, prenant la place du fil de nylon. Le Furet veille à ce que le déroulement se fasse régulièrement. Bientôt, Bulldozer a en main l'extrémité, qu'il attache solidement au fût d'un épicéa. Le Furet fait signe aux filles :

— Maintenant, c'est le moment d'avoir du muscle. Nous allons faire passer le câble autour de la pyramide et le tendre au maximum. Vous y êtes ?

La manœuvre se fait sans trop de difficulté. Le filin d'acier est enroulé autour de la pointe et amarré grâce à des nœuds marins. Le Furet exprime sa satisfaction.

— Bon, ça m'a l'air solide.

Il prend le chariot, le suspend en accrochant la poulie au câble.

— Parfait ! Si maintenant je le lâchais, il glisserait jusqu'à l'autre bord du ravin.

— Et comment feriez-vous pour le récupérer ? demande Ficelle.

— Pas question de le voir revenir. Il ne fera qu'un voyage.

— Oh ! il ne servira qu'une seule fois ?

— Oui.

— Mais pourquoi ?

— Je vous ai déjà dit que tout ceci fait partie du grand jeu. Ne m'en demandez pas plus pour l'instant.

Il décroche la caisse, la dissimule dans une cavité qui s'ouvre à l'intérieur de la pyramide, et fait signe à Bulldozer que tout va bien.

— Et maintenant, mesdemoiselles, demi-tour ! Revenons au chalet.

Le retour a lieu sans incident. Aux alentours du chalet, les filles glissent sur la neige, tombent et se relèvent avec de grands rires. Personne ne soupçonne encore qu'un drame fantastique va bientôt éclater.

chapitre 10

Curieux micmac

— En voiture, les voyageurs ! En voiture !

M. Plume, le chef de la station basse du téléphérique, sort de sa poche un sifflet et en tire un son aigrelet. Les portes de la cabine se referment sur une fournée de touristes qui se proposent de gagner la station supérieure de la Dent du Diable. M. Plume appuie sur le bouton commandant la mise en marche du moteur électrique. La cabine reste immobile. Il appuie une seconde fois plus fortement. Le téléphérique refuse de démarrer.

« Tiens ! Y aurait-il un mauvais contact ? »

Au même instant, une sonnerie se fait entendre : quelqu'un appelle au téléphone depuis la station supérieure. M. Plume entre dans son petit bureau de chef de gare, décroche.

— Allô ? Oui ?

Au bout du fil, une voix prononce ces paroles :

— Ici la station haute. Je viens de couper le courant.

— Oui, répond M. Plume, je m'en suis aperçu. Pourquoi avez-vous fait ça, Lartoupe ? Quelque chose ne va pas, là-haut ?

— *Je ne suis pas Lartoupe.*

— Hein ? Comment ? Vous n'êtes pas Lartoupe, mon adjoint ?

— Non, pas du tout.

— Mais... qui êtes-vous donc ?

— Cela ne vous regarde pas.

Les yeux du chef de la station basse s'arrondissent au point de ressembler à une paire de lunettes. Il fronce les sourcils, articule sévèrement :

— Je n'aime pas beaucoup les petits plaisantins. Je suis le chef de gare de la station de Chamoix et je n'ai pas de temps à perdre. Il faudrait tâcher de ne pas vous payer mon portrait, sinon je pourrais me fâcher ! Alors, qui vous a permis d'utiliser le téléphone ?

Une voix menaçante répond :

— Ça va bien, petit père. N'essaie pas de jouer au plus malin avec moi. Maintenant, écoute attentivement. Je n'ai pas le temps de répéter. Je viens de bloquer le téléphérique. Aucune cabine ne pourra monter ou descendre sans mon autorisation. Tu vas immédiatement te rendre au commissariat de police de Chamoix, et annoncer ceci...

Les paroles qui sont ensuite prononcées par le

mystérieux interlocuteur plongent le chef de gare dans une telle stupéfaction qu'il reste médusé pendant un long moment, cherchant à comprendre les extraordinaires propos qu'on vient de lui tenir. A-t-il affaire à un farceur ? Non, l'inconnu n'a pas du tout l'air de vouloir s'amuser. La chose est sérieuse, assurément. Et puis, le téléphérique est réellement en panne. Sur ce point au moins, aucun doute n'est possible. Donc, il faut obéir, sinon les conséquences pourraient être terrifiantes. De toute manière, il faut prévenir la police... Et puisqu'on lui demande précisément de le faire...

Il raccroche le téléphone, ouvre une des portes de la cabine et annonce :

— Le trafic est provisoirement interrompu. Mesdames et messieurs, voulez-vous descendre, s'il vous plaît...

Des protestations s'élèvent. Les touristes ont payé leur passage, ils veulent être transportés au sommet de la montagne.

Cependant, ils doivent s'incliner devant les circonstances. Quelques-uns exigent le remboursement de leur billet, ce qui leur est accordé. Les autres s'assoient sur les marches qui donnent accès à la station ou s'installent dans un café proche, en attendant que le fonctionnement du téléphérique soit de nouveau assuré. Mais le chef de la station ne semble guère se préoccuper de remettre en état son installation électrique. Il vient de sortir à toute allure du local en criant :

— Je cours au commissariat de police ! Je vais revenir !

Stupéfaits, les touristes s'interrogent. Pourquoi appeler la police ? La panne de moteur est-elle due à un acte de malveillance ? Un sabotage ? Il faut attendre.

Dix minutes plus tard, un car bourré d'agents stoppe devant la gare dans un crissement de freins. Le commissaire Férosse, un grand gaillard vêtu d'un imperméable, entre d'un pas décidé et décroche le téléphone avec un geste sec. La conversation ne dure guère plus d'une minute. Elle a cependant dû être fort inquiétante, car lorsque le commissaire raccroche, son visage est devenu d'une étrange pâleur.

Allongée sur un fauteuil de toile, Boulotte achève de croquer une figue sèche. Elle lève les yeux vers Zézette, Ficelle et Françoise, qui reviennent de leur expédition, et demande :

— Alors, vous l'avez accroché, ce téléphérique ?

— Oh ! oui, dit Ficelle.

— Alors, je vais pouvoir monter dedans ?

— Oh ! là ! là ! Non !

— Pourquoi ?

— Parce qu'il est interdit aux éléphants !

Le visage de Boulotte devient écarlate. Elle

ouvre la bouche pour exprimer son indignation d'une manière vigoureuse, mais à cet instant le tintement de la cloche se fait entendre : la cuisinière annonce que le déjeuner est prêt. Aussitôt, la gourmande bondit hors de son fauteuil et se précipite en direction de la grande salle.

Au cours du repas, Ficelle se montre aussi bavarde qu'exubérante. La perspective du grand jeu la remplit d'aise, et elle fait mille suppositions sur l'emploi que le Furet va faire du téléphérique.

Françoise en revanche, les yeux perdus dans le vague, reste immobile sans parler. Au bout d'un moment, Ficelle s'aperçoit de ce silence. Elle demande à la brunette :

— Tu ne dis rien ? Tu as l'air plongée au fond d'un gouffre plein de réflexions !

— Oui, je réfléchis...

— Ah ! c'est bien ce qu'il me semblait. À quoi penses-tu ?

— Je pense à divers petits faits bizarres qui se sont produits depuis que nous sommes ici.

— Des faits bizarres ? Lesquels ?

— Par exemple, as-tu remarqué l'attitude de la cuisinière ?

— Non... Elle a une attitude particulière ?

— Oui. Elle est nerveuse, inquiète... Quelque chose la préoccupe.

— Non, je n'ai pas fait attention. C'est tout ce que tu trouves d'anormal ?

— Non, il y a autre chose. As-tu remarqué qu'il y a un téléphone dans l'entrée du chalet ?

Ficelle plisse le front.

— Non, je n'ai pas remarqué.

— Eh bien, je te le dis. Il y a un téléphone.

— Alors ?

— Il ne fonctionne pas.

— Ah ? Comment le sais-tu ?

— Je l'ai décroché tout à l'heure, et on n'entend pas la tonalité.

— Il doit être en panne...

— Sûrement, ma petite Ficelle. Il est en panne pour la bonne raison qu'on a coupé les fils.

— Oh !

— Oui. Alors, résumons-nous. Premièrement, tous les postes de radio de la colonie sont en panne. Deuxièmement, la télévision ne marche pas. Troisièmement, le téléphone ne fonctionne plus. Résultat...

— Résultat ?

— Depuis vingt-quatre heures, le Chalet du Diable est complètement isolé. Nous sommes coupés du reste du monde.

— Tiens ! Je ne m'en étais pas aperçue.

— Et la réciproque est vraie. Personne à l'extérieur ne peut savoir ce qui se passe ici.

Ficelle fait la moue.

— Peuh ! Il ne se passe rien de bien extraordinaire... À part ma nouvelle coiffure qui est très ébouriffante...

— Il ne se passe rien pour l'instant, mais j'ai l'impression très nette qu'il va se produire un événement beaucoup plus ébouriffant que ta coiffure. Le Furet est en train de nous monter une jolie petite machination.

— Tu crois ? Il faut le surveiller, alors !

Ficelle regarde autour d'elle avec inquiétude. Mais, à part la cuisinière et les autres filles, il n'y a dans la salle que le prince d'Alpaga, assis devant une petite table isolée. La grande fille s'écrie :

— Il n'est pas là !

Puis elle réfléchit une petite minute et ajoute, avec une belle logique :

— Il doit être ailleurs...

— J'admire la justesse de ta déduction, dit Françoise avec un sourire.

— Eh bien, puisque tu es si maligne, dis-nous un peu où il se trouve ?

— À la station du téléphérique.

— Comment le sais-tu ?

— J'ai remarqué tout à l'heure qu'il partait dans cette direction.

— Il est redescendu à Chamoix, alors ?

— Non. Pour descendre, il aurait fallu qu'il prenne le téléphérique de treize heures, et il n'a pas pu.

— Pourquoi donc ?

— Parce que le téléphérique de treize heures *n'est pas parti*.

Les yeux de Ficelle s'arrondissent. Elle s'exclame :

— Tu en sais, des choses ! Comment as-tu appris tout ça sans bouger d'ici ?

— Élémentaire, ma chère Ficelle. De l'endroit où je suis assise, j'aperçois en contrebas le câble du téléphérique. Et depuis une heure il ne s'est produit aucun mouvement de cabine. J'en conclus qu'il y a une nouvelle panne...

Ficelle hoche la tête en soupirant :

— Ce n'est pas au point, ces machins-là !

— C'est possible. Mais il pourrait avoir une autre raison. Notre cher Furet est en train de couper toutes les communications entre le chalet et l'extérieur. Il vient peut-être de saboter le téléphérique.

— Oh ! Alors, là, je crois que tu as trop d'imagination ! Pourquoi ferait-il tout ça ? Tu peux me le dire ?

— Non.

— Dommage ! Si tu étais Fantômette, tu aurais déjà trouvé la raison de tout ce micmac ! Seulement, tu n'es pas Fantômette...

Françoise murmure pour elle-même :

« Fantômette ou pas, je la trouverai, la raison du micmac ! »

chapitre 11

Abominas

Fantômette dévale la piste à toute allure. L'anorak, le bonnet et les grosses lunettes dissimulent son aspect physique sans permettre à quiconque de deviner que sous ce costume sportif se cache la fameuse justicière.

Pour gagner du temps, elle a choisi la piste la plus abrupte, donc la plus rapide ; mais aussi la plus difficile, celle que se réservent les champions. Il ne lui faut que quelques minutes pour atteindre Chamoix. Dès qu'elle se trouve au point terminal de la piste, il lui apparaît qu'une atmosphère anormale pèse sur la petite ville.

Aux alentours de la station du téléphérique, une foule entoure des cars d'agents et des voitures-radio de la police. Une foule qui semble agitée, énervée ou mécontente. Est-ce une manifestation politique ? un meeting ? une élection ?

Fantômette s'approche, se faufile entre des petits groupes qui discutent en pointant le doigt vers la Dent du Diable. Elle perçoit des bribes de phrases :

— C'est affreux ! On ne peut pas les laisser comme ça !

— Il faut faire quelque chose !

— Oui, c'est le rôle des policiers ! Au lieu de rester plantés là, ils feraient bien de s'agiter un peu !

Un car bleu et blanc de reportage est arrêté près de la gare. Fantômette peut se glisser, à travers un cercle de badauds, jusqu'à toucher presque le micro qu'un reporter met sous le nez du commissaire Férosse. Elle entend ce dialogue :

— Monsieur le commissaire, pouvez-vous faire le point de la situation ?

— Certainement. Au début de l'après-midi, j'ai été appelé par le chef de la station du téléphérique. Il m'a fait part d'une nouvelle surprenante. Il venait de recevoir un coup de téléphone en provenance de la station haute. Un individu prétendant se nommer Abominas retiendrait prisonnières les filles d'une colonie de vacances.

— Où se trouve cette colonie ?

— Dans le Chalet du Diable, à proximité de la station haute. Abominas ne rendra la liberté à ses prisonnières qu'en échange d'une forte rançon.

— Ce serait donc une sorte de kidnapping collectif ?

— Oui. D'habitude, un ravisseur enlève un enfant dans une famille riche et demande une somme très élevée. Dans le cas présent, il s'agit d'une chose tout à fait nouvelle. Abominas ne demande qu'une petite somme pour chacune de ses victimes, mais comme elles sont nombreuses, le total est tout de même très élevé. Nous avons affaire à un être malfaisant, mais d'une intelligence certaine.

— Toute cette affaire est donc sérieuse ?

— Très sérieuse. Abominas – c'est évidemment un surnom qu'il s'est donné – a sectionné les fils téléphoniques du chalet et saboté le téléphérique. Les filles se trouvent pratiquement isolées.

Fantômette ne perd pas une syllabe des propos tenus par le commissaire. Malgré la gravité des révélations qu'elle vient d'entendre, elle ne peut s'empêcher de sourire. Ses déductions sont exactes. Le Furet a effectivement cherché à couper le chalet de la ville. Ce qu'elle n'a pas soupçonné, c'est le gigantesque kidnapping !

Le reporter continue son interview :

— Monsieur le commissaire, espérez-vous venir à bout rapidement de cet affreux Abominas ?

— Je l'espère, bien sûr. Nous avons dès maintenant le concours de la gendarmerie de haute montagne et des chasseurs alpins. Mais il faut avouer que le criminel ne paraît guère s'en inquiéter. Il occupe une position de force.

— Ne peut-on le capturer ?

— Pas pour l'instant. Il a bloqué le téléphérique, ce qui nous empêche d'envoyer des hommes à l'assaut du chalet. Nous pourrions évidemment remonter la piste de ski à pied, mais cela prendrait au moins une journée.

— Et les hélicoptères ?

— Abominas a prévu le cas. Si nous essayons de l'attaquer avant qu'il n'ait la rançon en sa possession, il menace de jeter les filles dans un ravin.

La foule, qui écoute attentivement, a un mouvement d'effroi. Le commissaire fait un geste apaisant :

— Rassurez-vous ! Les parents des prisonnières nous ont demandé de ne rien tenter contre Abominas tant que les rançons ne seront pas versées, et nous nous conformerons à ce désir bien compréhensible. Mais le criminel lui-même semble nous autoriser à faire tout ce que nous voudrons lorsqu'il aura touché l'argent.

— Il est donc bien sûr de lui ?

— Apparemment, oui. Une chose est certaine, c'est que toutes les précautions qu'il a prises pour isoler les filles l'isolent également. Il est en état de siège. En admettant qu'il touche l'argent, je ne vois pas comment il pourrait ensuite s'échapper. Le téléphérique est surveillé, ainsi que la piste de ski.

— Ne peut-il se sauver en descendant sur l'autre versant de la montagne ?

— Impossible ! La Dent du Diable est isolée par un ravin, la faille de Coryza. Le seul moyen de communication avec l'extérieur est, je vous l'ai dit, le téléphérique ou la piste skiable. Notre homme est prisonnier. Nous l'aurons un jour ou l'autre, ce n'est qu'une question de patience.

— Quand la rançon doit-elle être versée ?

— Demain matin, à sept heures. Abominas remettra le téléphérique en état de marche. Nous devrons déposer l'argent dans la cabine qui se trouve en ce moment à la station inférieure. Dans la cabine descendante, les moniteurs auront pris place. Abominas s'est engagé à les libérer en premier.

— Les moniteurs de la colonie sont donc prisonniers également ?

— Oui. Abominas les a enfermés dans une cave à fromages.

— Ne trouvez-vous pas bizarre, monsieur le commissaire, que ce malfaiteur ait pu les capturer à lui seul ?

— C'est curieux en effet, mais je suppose qu'il les a pris par surprise. Nous aurons plus de détails demain matin, lorsque ces moniteurs seront de retour ici.

— Quelle est votre conclusion ?

— Il n'y a pas lieu de s'inquiéter outre mesure. Les familles retrouveront leurs enfants, récupéreront leur argent, et le criminel se fera prendre. Nous avons la situation en main.

— Monsieur le commissaire, je vous remercie pour ces affirmations, qui rassureront les parents des jeunes prisonnières.

Le reporter et le commissaire se séparent, très satisfaits de l'interview. Fantômette, au contraire, serre les poings avec une rage contenue. Elle grommelle entre ses dents :

« Ah ! tu as la situation en main, mon bonhomme de commissaire ! Tu te fourres le doigt dans l'œil jusqu'à la clavicule ! Tu ne connais pas Abominas, qui s'appelle en réalité le Furet. Il se moque éperdument des gendarmes à pied, à ski ou en traîneau ! Tu pourras bien l'attendre pendant un siècle ou deux, tu ne l'attraperas pas ! »

Elle fait demi-tour, fend la foule qui est devenue de plus en plus dense, et va s'asseoir sur une murette de béton qui borde la patinoire municipale.

« Il est certain que si je ne m'en mêle pas, le Furet va tranquillement encaisser son argent et s'évaporer sans laisser de traces. Évidemment, je pourrais tout raconter au commissaire, ce qui lui vaudrait la gloire d'avoir arrêté le Furet. Mais je peux aussi réserver cette gloire pour Fantômette, la justicière imbattable ! Après tout, j'ai bien le droit de soigner ma petite publicité ! Je vais donc attendre le Furet à la sortie... »

Elle a appuyé ses skis contre la murette et les tapote nerveusement.

« La sortie, c'est *le petit téléphérique*, dont personne ne soupçonne l'existence. Le Furet va grimper dans la caisse en bois, franchir la faille et se sauver par Coryza. Seulement... »

Deux rides verticales se dessinent sur son front.

« Seulement, une chose me tracasse. Ce téléphérique me semble trop léger, trop fragile pour supporter le poids d'un homme. Passer au-dessus du ravin en s'accrochant à un câble aussi mince, c'est courir un risque énorme !... Ah ! je n'arrive pas à comprendre son plan ! Qu'a-t-il donc inventé ? »

Serrant les mains contre ses tempes, la jeune aventurière comprime sa tête comme pour en faire jaillir une idée étincelante, une solution logique à l'invraisemblable problème posé par le Furet. *Comment le criminel espère-t-il échapper aux forces de police qui encerclent la Dent du Diable ?*

chapitre 12

Chargée de mission

Le Furet ouvre la fenêtre, s'accoude au balcon et braque ses jumelles sur le centre de Chamoix. Il tourne le bouton de réglage pour voir avec netteté la place qui s'étend devant la station basse du téléphérique. Des petits points noirs s'agitent autour de longs véhicules. Le Furet sourit.

— Nous déplaçons du monde. À la bonne heure ! Notre affaire sera un succès. Plus la foule sera importante, et *mieux ce sera pour nous* !

Le prince d'Alpaga, qui vient de vérifier dans une glace le bon aspect de sa chevelure, s'approche pour demander :

— Alors, chef, il y a du nouveau en bas ?

— Oui. À cette heure-ci, toute la planète doit être au courant de notre exploit, et l'on nous prépare une belle petite réception. La place est bourrée de fourgons de police et de gendarmes avec l'arme au poing.

— Ils viennent pour arrêter le terrible Abominas ?

— Bien sûr. C'est ce qu'ils espèrent. Mais ils peuvent toujours courir. Personne ne me prendra !

— Le risque est gros, pourtant !

— Mais non, mais non. Tout se passera très bien. Mon plan est génial, il ne peut pas rater.

— Êtes-vous bien sûr, chef, que Françoise ne s'amusera pas à ouvrir le paquet ?

— Cela m'étonnerait... Non, je suis certain qu'elle n'y touchera pas.

Le prince d'Alpaga consulte sa montre massive en plaqué or :

— Il est seize heures. Dites-moi, chef, qu'allons-nous faire jusqu'à demain matin ?

— Rien du tout. Il faut attendre que le téléphérique nous apporte la rançon.

— Nous ne ferons donc rien jusqu'à sept heures ?

— Rien.

— Nous aurions dû exiger le paiement immédiat !

Le Furet hausse les épaules.

— Mais non ! Réfléchis un peu. Il faut laisser le temps aux familles de réunir l'argent et de l'envoyer.

— Ah ! c'est vrai... Tout de même, cette attente... Je risque de m'ennuyer...

— Regarde-toi dans la glace et admire-toi. Ça te fera passer le temps... Et puis, non. En attendant, va plutôt me chercher la petite brunette.

— Françoise ?

— Oui. Je vais lui expliquer ce qu'elle devra faire, demain matin.

— Bien, chef, j'y vais !

À proximité du chalet, les filles ont entrepris, sous la direction de Ficelle, d'établir une piste de luge. En faisant le va-et-vient sur un parcours rectiligne, elles ont tassé la neige pour la durcir. Avec l'aide de Boulotte et de Zézette, la grande fille a confectionné une luge superbe baptisée *bobsleigh olympique*. L'engin consiste en une vieille caisse, posée sur une paire de skis et maintenue en place à grand renfort de cordelettes.

Quand Ficelle juge que la neige est suffisamment durcie, elle fait mettre la luge en haut de la piste, prend place dans la caisse, compte de dix à zéro, et hurle :

— En avant !

La machine glisse en accélérant au long de la pente, à la grande joie de l'expérimentatrice. Malheureusement, Ficelle a dû faire une erreur quelque part dans ses calculs : le traîneau ne s'arrête pas en bout de piste, comme elle l'a prévu, mais continue allégrement sur sa lancée, surmonte une bosse de terrain, plonge dans un creux, dérape sur une plaque de glace, manque de peu le tronc d'un sapin et finalement pique du nez dans un épais fourré au sein duquel il s'engloutit !

Les compagnes de Ficelle se précipitent pour connaître le sort de l'héroïque skieuse, qui a entièrement disparu dans la masse blanche du buisson.

Du *bobsleigh olympique*, il ne reste pas grand-chose. Un ski, détaché, a voltigé dans la nature. L'autre est brisé en deux. La caisse est en mille morceaux ; elle a heurté un bloc rocheux dissimulé par la neige. Quant à Ficelle, que la vitesse acquise a projetée par-dessus son véhicule, elle s'en tire avec une assez belle collection d'égratignures, et une bosse sur le front, offerte par une basse branche d'épicéa.

Elle se relève en exprimant à haute voix son indignation.

— Ces montagnes sont vraiment mal étudiées ! On aurait dû les construire avec un peu plus de soin et prévoir que je viendrais y faire des essais ! Venir mettre un affreux buisson et des arbres inutiles au bout de *ma* piste, c'est un scandale !

Elle aurait égrené longuement son chapelet de jérémiades, si la voix du prince d'Alpaga ne s'était fait entendre. Il appelle :

— Françoise ! On te demande ! Françoise, viens ici !

Les filles regardent autour d'elles en criant à leur tour :

— Françoise ! On t'appelle !

On s'aperçoit bientôt que la brunette n'est pas là. Ficelle se gratte le nez.

— Tiens ! c'est vrai... Je ne la vois pas. Pourtant, j'ai une bonne vue ! Maintenant, je me rappelle qu'elle a disparu après le déjeuner...

— Elle est peut-être restée au dortoir, suggère Zézette.

— Ou alors, dit Boulotte, elle a eu faim et on la trouvera dans la cuisine...

On regarde dans le dortoir, on cherche dans la cuisine, on continue de lancer des appels. Vainement. Le prince d'Alpaga vient rendre compte au Furet de cette absence.

— Chef, pas moyen de la trouver !

— Ah ! C'est ennuyeux, ça... Tu as cherché partout ?

— Oui. Toutes les filles sont en train de l'appeler. On les entend hurler d'ici...

— Elle est probablement partie faire un petit tour... À moins qu'elle ne soit tombée dans une crevasse...

— Vous croyez, chef ? Il faudrait aller à son secours, alors ?

— Penses-tu ! Tu ne crois pas que je vais perdre mon temps pour elle. On va en prendre une autre, voilà tout. Si la Françoise n'est pas de retour d'ici demain, nous en chercherons une qui soit à peu près dégourdie. En attendant, il faut faire taire ces jeunes braillardes. Va leur annoncer que Françoise est retrouvée.

— Si elles demandent à la voir ?

— Réponds que je l'ai envoyée en mission secrète et que cela fait partie du grand jeu.

— Entendu.

Le prince d'Alpaga s'en va sur la terrasse, met ses mains en porte-voix et crie :

— Stop ! Arrêtez les recherches ! Françoise est en mission spéciale et ultra-secrète dans la montagne ! Elle sera de retour demain matin !

Il revient auprès du Furet.

— Voilà, chef, c'est fait. Elles se tiendront tranquilles, maintenant. Mais cela ne nous dit toujours pas où a pu passer cette gamine...

— Bah ! laisse tomber !

Au dîner, Françoise n'a toujours pas reparu. Le Furet observe attentivement les filles une par une, cherchant celle qui pourrait l'aider à réaliser son plan. Son choix se porte sur Ficelle. Après le repas, alors que les autres s'en vont au dortoir, il la retient pour lui annoncer :

— Puisque Françoise est absente, je vais vous confier la mission qu'elle devait remplir demain matin. Une mission d'une extrême importance...

Ficelle fait « Aaaah ! » et rougit de plaisir. Elle va enfin savoir quelque chose au sujet du grand jeu ! Et elle va prendre la place de Françoise ! Sans aucun doute, elle saura remplir sa mission bien mieux que son amie ! Avidement, elle écoute les paroles du Furet :

— Voici ce que vous allez faire. Demain matin, il faudra que vous soyez à sept heures à la station du téléphérique.

— Je devrai me lever avant, alors ?

— Évidemment. Il ne faudra surtout pas être en retard. À sept heures exactement, une cabine arrivera de Chamoix. À l'intérieur, vous trouverez un paquet.

— Ah ! Il faudra que j'entre dans la cabine ?

— Sans doute. Pour y prendre le paquet. Ce paquet, vous le porterez jusqu'à la pyramide, vous le mettrez dans la petite benne que nous avons installée et vous la détacherez.

— Oh ! Et le petit téléphérique franchira le ravin avec le paquet ?

— Je vois que vous commencez à comprendre.

La grande Ficelle bat des mains.

— Oh ! c'est amusant ! Et qu'est-ce qu'il y a dans le paquet ?

Le Furet prend un air mystérieux et baisse la voix.

— Je veux bien vous le confier, mais surtout ne le répétez pas à vos amies, sinon il n'y aurait plus de surprise.

— Oui, oui ! c'est promis !

— Eh bien, il y a dans le paquet des billets pour une tombola que nous allons organiser. Chacune de vous touchera un lot.

— Ah ! chic ! Mais pourquoi envoyez-vous les billets de l'autre côté du ravin ?

— Parce que le tirage au sort n'aura pas lieu au chalet, mais dans la vallée. Mon ami Bulldozer est déjà parti louer une salle où nous organiserons une petite fête.

— Ah ! bon.

Le Furet ajoute :

— Je vous demanderai de vous déguiser en blanc, pour que les autres filles ne vous voient pas. Sinon, elles demanderaient ce que contient le paquet, et là encore la surprise serait gâchée. Je crois que Françoise devait confectionner un costume blanc ?

— Oui, elle l'a fait juste avant le déjeuner, avec des chiffons et du papier.

— Très bien. Vous n'aurez qu'à enfiler ce costume. Et surtout, ne vous faites voir de personne !

— Oui, m'sieur ! Comptez sur moi, m'sieur !

Très fière de la confiance qu'on lui témoigne, Ficelle rejoint ses compagnes. Boulotte demande :

— Qu'est-ce qu'il te voulait, le Furet ?

Ficelle pose un doigt sur ses lèvres, regarde autour d'elle avec des mines de conspirateur et chuchote :

— Il m'a confié une mission d'espionnage ultra-secrète. Je ne peux rien dire à personne. Tout ce que vous pouvez savoir, c'est que je suis la grande et première responsable n° 1.

Sur le lit de Françoise se trouve posé le costume blanc, qui ressemble vaguement à un scaphandre d'astronaute. Ficelle le revêt, constate qu'il lui est un peu juste. Avec des feuilles de papier, elle rallonge bras et jambes, puis court dans la salle de bains pour s'admirer dans la glace.

« C'est parfait ! Françoise a fabriqué un casque de carton qui me donne l'allure d'une cosmonette. Sur la neige, je serai invisible et je mènerai à bien ma stupétonnante mission ! »

Très fière de sa nouvelle apparence, elle revient dans le dortoir et se promène avec majesté, pour bien se faire admirer par les autres filles. Quelques quolibets fusent.

— Oh ! la belle blanche !

— Hé ! Ficelle ! Tu vas au carnaval ?

— Non, elle va dans la Lune !

Ficelle déclare dédaigneusement :

— Vous êtes jalouses ! Vous n'avez pas un beau costume alpin comme le mien ! Et vous n'êtes pas chargées d'une mission, super-importante, comme moi !

Quand elle a suffisamment exhibé son déguisement, la grande fille retire le scaphandre et met un pyjama jaune et vert du plus bel effet. Puis elle se glisse dans son sac de couchage.

Elle s'aperçoit alors qu'un objet insolite a été mis dans le sac. Elle le retire. C'est une enveloppe blanche portant la mention : *Mlle FICELLE.*

Fébrilement, la grande fille l'ouvre et en sort une feuille de papier. Quelques mots y sont écrits, qu'elle lit avec un étonnement grandissant.

En arrivant à la signature, elle pousse un cri de stupeur.

chapitre 13

Les rançons

— Rien de nouveau, commandant Tronc ? demande le commissaire.

— Rien pour l'instant. Mes hommes continuent à remonter la piste. Voulez-vous jeter un coup d'œil ?

Le commandant Tronc, du 613e bataillon de chasseurs alpins, cède sa place devant une puissante lunette montée sur trépied, qu'il a braquée vers la Dent du Diable. Le commissaire Férosse ferme son œil gauche, met son œil droit devant l'oculaire et regarde avec attention.

Dans la pâleur rose du matin, les chasseurs alpins gravissent lentement la montagne, l'un derrière l'autre, sac au dos et arme à la bretelle. Ils ont parcouru à peu près la moitié du chemin les séparant du chalet.

— À quel moment auront-ils terminé leur ascension ? s'enquiert le commissaire.

— Vers le milieu de la matinée, je pense.

— Hum ! c'est bien tard, évidemment. Abominas aura déjà touché les rançons. Vous êtes sûr que vos chasseurs ne le laisseront pas échapper ?

— Absolument ! Vous voyez bien qu'ils contrôlent le seul point de passage.

— Bon. Je vais confirmer la chose à ces messieurs.

Ces messieurs, ce sont le préfet du département et les autorités venues de Paris par avion. Quoique l'heure soit matinale et la température encore fraîche, il y a foule sur la place principale de Chamoix, devant la gare du téléphérique. Reporters et cameramen ont veillé toute la nuit et tentent de combattre le sommeil en buvant des tasses de café fort. Les familles de certaines des jeunes prisonnières sont là aussi, pleines d'anxiété. Afin de les rassurer, le commissaire répète pour la centième fois :

— Ne vous inquiétez pas, nous avons la situation en main !

À sept heures moins dix, il dit au commandant Tronc :

— Je crois que nous pouvons y aller.

Escortés par une imposante troupe de gens en armes, le commissaire et le commandant traversent la grand-place et se rendent au commissariat. Dans une petite pièce, se trouve le coffre-fort qui sert à enfermer les objets trouvés

– portefeuilles ou montres – que les alpinistes étourdis ont perdus dans les hôtels, les cafés ou les cinémas de la station. En la circonstance, le coffre contient une boîte à chaussures enveloppée de papier blanc. Cette boîte renferme les rançons, sous forme de billets de banque.

Le commissaire met la boîte sous son bras et sort. Toujours escorté par des hommes armés, il traverse de nouveau la place et entre dans la station du téléphérique. À sept heures sonnantes, il met le précieux colis dans la cabine du téléphérique. Quelques minutes plus tard, il y a un ronflement de moteur, et la cabine prend son essor : quelqu'un, dans la station haute, a remis le contact.

— Croyez-vous qu'Abominas tiendra parole ? demande le commandant Tronc.

— Je l'espère. En principe, les moniteurs devraient se trouver dans la cabine descendante.

Après quelques minutes d'une attente énervante, la cabine qui descendait parvient à la station basse. Quand le commissaire entrevoit deux silhouettes à travers les glaces, il pousse un soupir de soulagement.

— Ouf ! Abominas a relâché les moniteurs !

On se précipite. Les photographes lancent leurs flashs sur les deux hommes blonds habillés de rouge qui apparaissent. Ils semblent se trouver dans un assez triste état. Tous deux portent des bandages autour de la tête et quantité de pansements. Le commissaire s'écrie :

— Que vous est-il donc arrivé ? Vous vous êtes battus contre Abominas ?

— En effet, nous nous sommes battus, dit l'un d'eux. Et il faut avouer qu'il a eu le dessus. Il nous a pris en traître ! Mais nous allons lui faire payer ça ! Tout de suite !

— Tout de suite ? Il y a donc un moyen pour l'atteindre ?

— Oh ! oui.

— En êtes-vous sûr ?

— Absolument ! Vous pouvez capturer Abominas d'ici un quart d'heure si vous le voulez...

Le commissaire se frotte les mains et dit au commandant :

— Mon cher, je crois qu'il va y avoir du sport !

— Je le crois aussi, mon cher commissaire. Nous allons pouvoir préparer une bonne corde pour ficeler cet affreux Abominas !

— Vous voulez dire pour le pendre, mon cher commandant ! C'est tout ce qu'il mérite. Mais comment nous y prendre pour le capturer ?

Le moniteur explique :

— Il se trouve en ce moment à la station haute, et il attend la rançon. Vous avez bien mis l'argent dans l'autre cabine ?

— Oui, dit le commissaire Férosse. Dans celle qui est montée, pendant que la vôtre descendait.

— Parfait ! Avez-vous une voiture rapide ?

— La mienne. Elle peut dépasser le 200 à l'heure.

— Bien. Nous allons monter avec vous et vous indiquer le moyen de tendre un piège à ce bandit.

Le commissaire Férosse approuve :

— Je mets à votre disposition toutes les forces de police pour réussir cette capture.

— Et moi, ajoute le commandant Tronc, je me mets à vos ordres avec tous mes chasseurs alpins.

Le moniteur fait signe que c'était inutile.

— Nous risquerions de donner l'éveil à Abominas. Il ne nous faut que la voiture, sans escorte. Allons-y !

Le commissaire prend place dans sa voiture, à droite du chauffeur. Les deux moniteurs s'installent sur le siège arrière.

— Où allons-nous, messieurs ?

— Prenez la route de Coryza. Après, nous vous indiquerons.

Le véhicule traverse en trombe Chamoix, s'engage à toute allure sur la route qui longe le ravin. L'un des moniteurs se retourne pour regarder à travers la lunette arrière.

— Que cherchez-vous ? demande le commissaire.

— Je voulais m'assurer que nous n'étions pas suivis.

— Par qui ? J'ai fait ce que vous m'avez dit ; j'ai donné l'ordre à mes hommes de ne pas nous escorter.

— Vous avez très bien fait, monsieur le commissaire... Ah ! nous arrivons en vue de Coryza. Ralentissez, voulez-vous ?

La voiture ralentit. À dix mètres sur la gauche s'allonge la faille, dominée par la Dent du Diable. À droite, derrière et devant, la neige s'étend. Par endroits pointent des brins d'herbe. Le soleil commence à répandre des flots d'or sur les sommets.

— Arrêtons-nous, dit le moniteur.

La voiture stoppe complètement.

— Bon. Si vous voulez descendre, monsieur le commissaire, ainsi que votre chauffeur...

— Il faut descendre ? Abominas est donc près d'ici ?

— Tout près, monsieur le commissaire, tout près.

— Où donc ?

— Derrière vous.

Le moniteur pose le canon d'un pistolet contre la nuque du commissaire et ordonne :

— Allons, cher monsieur, sortez vite ! J'ai besoin de votre voiture.

chapitre 14

Le Furet fait demi-tour

Ahuri, stupéfait, abasourdi, le commissaire Férosse descend de la voiture, tandis que les deux pseudo-moniteurs ôtent leurs pansements. Abominas ricane :

— Alors, vous me reconnaissez, maintenant ? J'ai décoloré mes cheveux avec de l'eau oxygénée, mais tout de même, mon visage doit vous rappeler quelque chose ? Ma photo est épinglée dans tous les commissariats de police...

— Le Furet !

— Oui, le Furet, et son ami le prince d'Alpaga. Avec votre permission, nous allons maintenant récupérer la rançon. Au revoir, cher ami. Vous pouvez rentrer à pied à Chamoix !

Et laissant plantés là les deux policiers, le Furet et Alpaga remettent le véhicule en route et s'enfuient à toute allure. Se ressaisissant, le commissaire plonge la main dans sa poche pour y prendre son pistolet et ouvrir le feu sur la voiture.

Sa poche est vide.

— Ah ! le brigand ! C'est avec mon propre pistolet qu'il nous a menacés ! Ah ! la canaille ! Le bandit ! Si je l'attrape, je le pulvérise !

En attendant de pulvériser le Furet, il se trouve contraint de suivre le conseil qu'on lui a donné : retourner vers Chamoix à pied.

Pendant ce temps, les deux bandits se rapprochent de Coryza. Ils abandonnent la voiture sur le bas-côté de la route, franchissent les quelques dizaines de mètres qui les séparent du point où le petit téléphérique a été établi.

Bulldozer est là, qui fait les cent pas pour se réchauffer. Il est resté à Coryza depuis l'instant où il a aidé à installer le petit téléphérique. Au pied de l'arbre qui sert à amarrer le câble, un colis est posé sur la neige. Le Furet sourit.

— Parfait ! Je vois que la jeune Ficelle a parfaitement suivi mes instructions. Pas de difficulté, Bulldozer ?

— Aucune, chef. La Ficelle en question a mis le colis dans la benne et me l'a expédié. J'ai eu du mal à la voir, la fille ! Avec son vêtement blanc, elle se confondait avec la nature !

— C'est ce qu'il fallait. Je ne voulais pas qu'on puisse la suivre à la jumelle, sinon les chasseurs alpins auraient bien vu qu'elle venait jusqu'ici. Tu as vérifié si le compte y est ?

— Non, chef, je n'ai pas ouvert le paquet.

— Jetons un coup d'œil rapidement.

Il ouvre un couteau à cran d'arrêt, coupe la cordelette, enlève l'emballage et soulève le couvercle de la boîte en carton.

Il pousse un effroyable juron.

— Hein ? C'est ÇA, la rançon ? On s'est moqué de nous !

Dans la boîte, il y a une douzaine de journaux illustrés, accompagnés d'une feuille de papier où ces mots sont écrits à la main :

Comme j'ai pensé que vous feriez un mauvais usage de l'argent, je préfère le remplacer par quelques numéros de Montagne-Magazine. *Lisez-les, ils sont instructifs. On y parle de ski, d'alpinisme et d'escalade, toutes choses passionnantes. Je vous salue bien.*

Et la feuille est signée : FANTÔMETTE.

Le Furet fait une boulette de la feuille qu'il jette rageusement dans le ravin. Le prince d'Alpaga passe une main dans les ondulations de sa chevelure provisoirement blonde et murmure :

— Alors, Fantômette intervient une fois de plus dans nos affaires...

— Non, coupe le Furet. C'est cette grande sotte de Ficelle qui s'est amusée à nous jouer ce tour. Fantômette n'a rien à voir là-dedans !

— Dans ce cas, il faudrait essayer de lui reprendre la rançon. C'est sûrement elle qui l'a ?

— Bien sûr ! Elle a enlevé les billets pour les remplacer par ces vieux journaux. À voir son air idiot, je n'aurais jamais imaginé que cette idée lui viendrait !

— Que faisons-nous, alors ?

— Il faut retourner au chalet.

Le prince d'Alpaga frémit :

— Voyons, chef ! Maintenant c'est impossible ! La police doit y être.

— Ce n'est pas sûr. Si les policiers sont en train de remonter la piste skiable, ils n'ont pas encore eu le temps d'arriver au chalet.

— Et le téléphérique ?

— Tant que le commissaire Férosse n'aura pas donné l'ordre de s'en servir, personne ne bougera. Et comme il doit être encore sur la route, nous ne craignons rien de ce côté.

Le prince d'Alpaga caresse son menton soigneusement rasé.

— Tout cela est très joli, chef, mais comment voulez-vous retourner au chalet ? C'est impossible.

— Si.

— Je ne vois pas comment...

— En nous servant de notre téléphérique.

— Hein ? Vous voulez que nous nous suspendions à cette ficelle pour traverser le ravin ?

— Pourquoi pas ? Cela me paraît assez solide. Allez, passe devant !

— Quoi ? Pourquoi moi ?

— Parce que tu dois m'obéir ! Je suis le chef, hein ?

— Je vais salir mon anorak !

— Avec la rançon, tu pourras t'en offrir une douzaine d'autres ! Mais il faut d'abord récupérer l'argent. Allez, vite !

À contrecœur, le prince d'Alpaga se suspend par les mains et les pieds au câble d'acier. Il progresse de trois ou quatre mètres, puis s'arrête et regarde au-dessous de lui, vers le vide. Des gouttes de sueur perlent sur son front.

— Chef ! Je ne peux plus avancer... j'ai peur !

Agacé, le Furet grogne :

— Si tu ne veux pas bouger, je détache le câble !

Terrorisé, le prince d'Alpaga reprend sa traversée. Sept ou huit minutes plus tard, il atteint l'autre bord de la faille. Le Furet suit alors le même chemin. Jugé trop lourd pour effectuer la même traversée, le gros Bulldozer reste de son côté, armé du pistolet, avec mission de surveiller les alentours.

Quand il a rejoint son complice, le Furet ordonne :

— Maintenant, ne perdons pas de temps. Au chalet !

Les deux hommes se hâtent de contourner le

sommet de la Dent du Diable. Ils jettent un coup d'œil vers le creux de la vallée. Les petites silhouettes noires des chasseurs alpins se détachent sur la blancheur de la piste. Deux cents mètres environ les séparent de la station supérieure.

— Vite, vite ! dit le Furet. Ils ne vont pas tarder à atteindre le chalet. Il faut que nous y soyons avant eux !

— Et que la grande Ficelle nous rende NOTRE argent !

— Sûr ! Sinon je l'expédie au fond du ravin...

Les deux bandits n'ont plus qu'une dizaine de mètres à parcourir, lorsque les premières boules de neige les atteignent.

chapitre 15

Hyperactivité de Ficelle

La lecture du message trouvé dans son lit a plongé Ficelle dans une profonde stupeur. Le texte est ainsi rédigé :

Le grand jeu organisé par le Furet n'est qu'une fumisterie. Il a isolé la colonie sur la Dent du Diable et veut se faire payer une rançon qui sera apportée par le téléphérique demain matin. Échangez l'argent que contiendra le paquet contre des vieux journaux. Lorsque le Furet aura quitté le chalet, libérez les trois moniteurs qui sont enfermés dans le sous-sol.

Signé : FANTÔMETTE.

La première réaction de Ficelle est de penser qu'il s'agit d'une farce. Une des autres filles veut sans doute s'amuser à ses dépens. Le coup vient de Zézette, probablement. Voulant vérifier cette hypothèse, Ficelle s'en va secouer Zézette, qui s'est déjà endormie. Elle lui fourre la feuille sous le nez en s'écriant :

— C'est toi qui as écrit ce machin ?

Zézette ouvre un œil, lit le papier, grogne « Non ! » et se tourne sur le côté pour se rendormir. Perplexe, Ficelle revient à son lit, s'y assoit et médite longuement. Le message a-t-il réellement pour auteur l'illustre justicière ? Non, c'est impossible. Si Fantômette avait séjourné au Chalet du Diable, Ficelle n'aurait pas manqué de la voir...

Alors, c'est Boulotte qui a écrit cette lettre, ou Françoise. Interrogée, la gourmande secoue énergiquement la tête. Non, elle n'a jamais écrit ce message. Quant à Françoise, elle n'est toujours pas rentrée. Une conclusion logique, évidente, saute à l'esprit de Ficelle : *c'est Françoise qui a fait cette farce !*

« Mais oui, bien sûr ! J'aurais dû y penser plus tôt ! Nous avons souvent eu affaire à Fantômette, et pour une fois, Françoise a voulu jouer son rôle ! Elle veut me faire croire que la justicière masquée s'occupe de nous !... Mais ça ne prend pas. Je suis certaine que le Furet a organisé un jeu pour nous amuser, et que le paquet contiendra des billets de tombola, comme il l'a dit. Les farces, avec moi, ça ne prend pas ! »

Satisfaite d'avoir ainsi tiré au clair cette histoire de lettre falsifiée, la grande fille se glisse dans son sac et s'endort.

Le lendemain, elle se réveille tôt. À sept heures moins le quart, elle est sur pied, débarbouillée et habillée. Bien décidée à suivre à la lettre les instructions données par le Furet, elle revêt le *scaphandre spatial* blanc et se rend à la station supérieure. Elle est déserte.

Pour se réchauffer, la grande fille bat la semelle et agite les bras dans les airs, comme un moulin à vent. Au bout de quelques minutes, deux hommes font leur apparition. Deux hommes blonds, vêtus d'anoraks rouges.

« Sapristi ! Nos moniteurs sont revenus ? C'est curieux, ça ! »

Lorsqu'ils sont tout proches, Ficelle pousse un petit cri de surprise.

— Le Furet ! Alpaga ! Mais... Vous êtes devenus blonds ! Et vous vous êtes habillés comme les moniteurs qui étaient là avant vous !

Le Furet sourit :

— Ma jeune amie, tout ceci fait partie du grand jeu. Vous aurez les explications plus tard. En attendant, vous vous rappelez bien ce qu'il faut faire ? Prendre le paquet qui va venir dans la cabine montante, et l'apporter jusqu'à notre petit téléphérique ; ensuite, lui faire franchir le ravin ?

— Oui, oui, j'ai compris.

— C'est très bien. Je compte sur vous.

Le Furet s'assure que sa montre indique bien sept heures. Il entre avec Alpaga dans la cabine, puis ordonne, indiquant un bouton sur un petit tableau de commande accroché au mur de la station :

— Appuyez sur ce bouton. Il met en marche le téléphérique.

Très fière du rôle qui lui est confié, Ficelle fait démarrer la cabine. Puis elle attend. Au bout d'un moment, un doute parvient à son esprit. Il y a dans cette affaire de grand jeu un certain nombre d'éléments bizarres. Est-il bien nécessaire de construire un téléphérique pour tirer les billets d'une tombola ? Et de se décolorer les cheveux ? Et pourquoi exige-t-on qu'elle s'habille en blanc ? Pour que les autres filles ne la voient pas transporter le paquet ? Cette précaution semble bien exagérée !... Après tout, si le message disait vrai ? Françoise avait peut-être deviné juste ! Le paquet pouvait contenir bien autre chose que des billets de loterie...

Quand la cabine parvient à la station, Ficelle se précipite à l'intérieur. Il y a là un paquet rectangulaire, qu'elle ouvre fébrilement. À l'intérieur, il y a une multitude de billets de banque !

« C'est horriblant ! Françoise avait vu juste, il s'agit bien d'une rançon. »

Très émue, elle met la boîte sous son bras, retourne en toute hâte au chalet. Elle sort les billets, les cache au plus profond de son lit et les remplace par quelques numéros de *Montagne-Magazine*. C'est alors que l'idée lui vient de mystifier le Furet. Puisque Françoise a écrit une lettre qu'elle a signée Fantômette, pourquoi n'en ferait-elle pas autant ? Le Furet mérite une bonne leçon !

Elle prend une feuille de papier, inscrit le texte que l'on connaît, le glisse dans la boîte et referme le couvercle.

Puis elle sort du chalet et court jusqu'au petit téléphérique. Le gros Bulldozer attend l'arrivée du colis sur l'autre bord du ravin. Ficelle opère le transfert et revient, toujours en courant, jusqu'au chalet. Elle se rappelle alors la recommandation écrite sur le message de Françoise : *délivrez les moniteurs*. Sont-ils vraiment enfermés dans le sous-sol du chalet ?

Elle descend l'escalier, frappe à une porte en bois :

— Ho ! Ohé ! Les moniteurs ? Vous êtes là ?

Ils sont là. S'ils n'ont pas manifesté leur présence plus tôt, c'est par peur des représailles que le Furet aurait exercées sur les filles. C'est ce qu'ils expliquent à Ficelle lorsqu'elle leur ouvre la porte. Le moniteur en chef demande :

— Où se trouve le Furet en ce moment ?

— Il est redescendu à Chamoix par le téléphérique, avec son complice Alpaga.

— Donc, nous ne courons plus aucun danger. Et vous dites que vous avez récupéré la rançon ?

— Je l'ai cachée dans mon lit.

— Très bien. L'un de nous va descendre dans la vallée pour rassurer les parents, qui doivent être en émoi.

Les trois moniteurs se rendent dans le dortoir où les filles, restées sans surveillance, ont organisé une bataille de polochons. La soudaine apparition de moniteurs, que l'on croyait définitivement partis, cause quelque surprise. L'étonnement est encore plus grand quand la colonie apprend qu'elle a été prisonnière pendant vingt-quatre heures sans le savoir !

— C'est grâce à moi que vous avez été délivrées ! proclame Ficelle fièrement. J'ai deviné avant tout le monde que le grand jeu était une blague stupidante. En réalité, le Furet voulait se faire payer une rançon. Heureusement que je suis géniale ! J'ai eu l'idée de remplacer l'argent par des vieux journaux. Et maintenant, qui fait une drôle de tête ? C'est le Furet !

Joignant le geste à la parole, elle tend le bras vers une fenêtre qui s'ouvre sur la vallée. Elle ne croit pas si bien dire : le Furet s'approche du chalet. Ficelle l'aperçoit et pousse un cri d'effroi.

— Oh ! le Furet et le prince d'Alpaga ! Ils reviennent !

Rassurée par la présence des moniteurs, elle se ressaisit et prend le commandement :

— Vite ! Sortons sur la terrasse et bombardons-les avec des boules de neige ! Ils n'oseront pas venir jusqu'ici !

En un instant, la colonie se trouve à l'extérieur, et l'espace aérien se remplit de projectiles. Surpris par cette soudaine attaque, le Furet et son compagnon s'arrêtent, marquent un temps d'hésitation. Les bandits vont pour reprendre leur marche en avant, lorsqu'ils se rendent compte que les trois moniteurs quittent la terrasse et s'élancent vers eux, armés de bâtons de ski. Le Furet crie :

— Vite, Alpaga ! C'est raté ! Demi-tour et sauve qui peut !

Prenant leurs jambes à leur cou, les deux aigrefins s'enfuient vers l'endroit d'où ils viennent. En arrivant à la pyramide, une surprise de taille les attend. Le câble du petit téléphérique, sectionné, pend dans le vide. La retraite est coupée !

De l'autre côté du ravin, une petite silhouette jaune, rouge et noire agite joyeusement les bras. Le Furet et Alpaga perçoivent un rire plein d'ironie qu'accompagnent ces paroles :

— Ohé, les alpinistes ! Il y a eu un petit incident technique ! Le gros Bulldozer a voulu vous rejoindre, et il a cassé le câble. Il est tombé dans le ravin !

Le Furet se penche. C'est vrai. Bulldozer est au fond de la faille ! Par chance, il est tombé sur une épaisse couche de neige qui a amorti le choc. Mais pourquoi donc a-t-il eu l'idée de monter dans la fragile benne ? Le Furet comprend lorsqu'il aperçoit entre les mains de Fantômette le revolver du commissaire. Elle a trouvé le moyen de le subtiliser et d'en menacer le gros homme pour l'obliger à monter dans le téléphérique. Ce que Fantômette confirme avec bonne humeur :

— Mais oui, cher Furet, votre ami l'hippopotame m'a fait cadeau de son arme et m'a dit qu'il voulait essayer une technique de son invention : le saut sans parachute. Et vous voyez, ça marche ! Il aurait pu se casser deux ou trois jambes, mais non... Il s'en sort sans une égratignure ! Quel veinard !

Le Furet serre les poings. Une fois de plus, la justicière masquée fait échouer une magnifique entreprise, une affaire qui devait lui rapporter une fortune ! Il se retourne, cherchant une issue miraculeuse. Mais non, tous les chemins sont barrés. Les moniteurs s'avancent et derrière eux, on devine déjà les uniformes des chasseurs alpins. Le prince d'Alpaga se caresse le menton et dit amèrement :

— Chef, j'ai l'impression que je ne vais pas encore acheter ces mirifiques costumes dont je rêve depuis si longtemps...

— Tais-toi, éclate le Furet, tu dis des bêtises !

Attends un peu que je sois hors de prison, et tu pourras t'en offrir un million de douzaines !

Le prince d'Alpaga hoche la tête.

— C'est ce que vous me dites chaque fois... Enfin, je commence à m'y habituer...

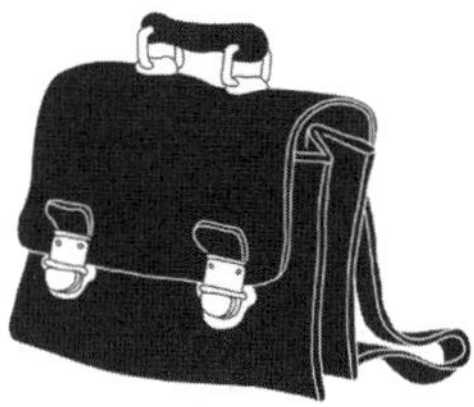

Épilogue

— Ce que je n'arrive pas à comprendre, dit Ficelle, c'est pourquoi tu as signé ton message « Fantômette » ? Tu aurais pu mettre « Françoise », non ?

Françoise sourit.

— Si j'avais signé de mon nom, aurais-tu cru ce que je disais ?

Ficelle plisse le front.

— Heu..., je ne sais pas... Peut-être... Ce n'est pas sûr...

— Tu vois ! En te faisant croire que cette lettre était écrite par Fantômette, j'étais sûre que tu la prendrais au sérieux.

— Peut-être, mais j'ai tout de suite deviné que c'était toi qui l'avais écrite ! Il ne faudrait tout de même pas me raconter des fariboles !

Et la grande Ficelle ponctue cette affirmation

en relevant le nez avec défi. Françoise éclate de rire, et Ficelle se serait fâchée si Boulotte n'était intervenue en criant :

— Vite ! Tout le monde à table ! C'est l'heure du déjeuner !

Déjeuner qui a été fortement retardé par les multiples événements de la matinée. Ce n'a été qu'un incessant va-et-vient de policiers, de chasseurs alpins... et de parents, entre Chamoix et le chalet. Interrogatoires, interviews, discussions fiévreuses... La Dent du Diable n'a jamais vu un tel déploiement d'activité ! Le commandant Tronc explique aux journalistes comment il a courageusement capturé le Furet :

— Je l'ai fait prisonnier tout seul, avec l'aide de mon bataillon de chasseurs.

Le commissaire Férosse relate comment, grâce à son astuce proverbiale, il a deviné que les bandits utiliseraient un téléphérique de leur invention pour emporter la rançon. (Il se garde bien d'ajouter qu'il lui a fallu parcourir un certain nombre de kilomètres à pied dans la neige, pour revenir à Chamoix.)

Perchée sur son lit, Ficelle fait une conférence à l'ensemble de la colonie, pour faire savoir qu'elle doit à son intelligence aiguë cette idée géniale : opérer la substitution des billets.

Françoise, assise dans un coin sur un tabouret de style savoyard, l'écoute discourir avec un sourire amusé. Près d'elle, Boulotte croque du chocolat blanc. La gourmande s'interrompt une seconde pour dire à Françoise :

— Tu sais, on a fait une belle bataille à coups de boules de neige contre le Furet. C'est dommage que tu n'aies pas été là ! Où étais-tu passée ? Le Furet a dit qu'il t'avait envoyée en mission quelque part...

— Non, c'est faux. J'ai eu envie de visiter la région et je me suis promenée un peu partout.

— Alors, tu as passé la nuit dehors ?

— Pas tout à fait. J'ai trouvé une espèce de grange pleine de foin du côté de Coryza. On dort très bien dans le foin, tu sais.

— Et comment es-tu revenue ?

— Par le téléphérique, avec un groupe de journalistes.

Boulotte croque un nouveau morceau de chocolat et dit :

— Sais-tu ce qu'a dit le Furet quand le commandant Tronc l'a arrêté ?

— Non.

— Il a dit textuellement : « Si je suis pris, c'est à cause de cette maudite Fantômette ! »

Ficelle, qui vient de terminer le discours à sa gloire, entend la citation de Boulotte. Elle descend de son perchoir et proclame :

— C'est archifaux ! Si le Furet a dit ça, c'est parce que j'ai mis dans le colis une lettre que j'ai signée *Fantômette*. Une autre de mes idées géniales !

— Alors, demande Françoise, la vraie Fantômette ?

— Elle n'a rien eu à faire ici !

— Tu en es bien sûre ?

— Absolument, absolument ! Et l'aventure super-ébouriffante que nous venons de vivre, on pourra l'appeler tout simplement : *Ficelle et la Dent du Diable* !

Quelle nouvelle énigme
Fantômette
devra-t-elle élucider ?

Pour le savoir,
regarde vite la page suivante !

Fantômette
va devoir mener l'enquête...

Dans le 16e volume de la série

Fantômette et le trésor du pharaon

Où est caché le trésor de Ramsès IV ? Le professeur Pflafluff a promis de le révéler. Mais le célèbre égyptologue n'est pas le seul à avoir percé le secret du pharaon... D'autres que lui ont su déchiffrer les hiéroglyphes. Et pour le savant, les ennuis vont vite commencer... Plus que jamais, Fantômette aura besoin de toutes ses cellules grises... et d'un bon dictionnaire !

Les as-tu tous lus ?

1. Les Exploits de Fantômette

inédit

2. Le Retour de Fantômette

3. Fantômette contre le Géant

4. Fantômette et la maison hantée

5. Fantômette contre le hibou

6. Fantômette au carnaval

7. Fantômette et l'île de la sorcière

8. Pas de vacances pour Fantômette

9. Fantômette a la main verte

10. Fantômette
et la télévision

11. Fantômette
chez le Roi

12. Fantômette
contre Fantômette

13. Opération Fantômette

14. Les sept Fantômettes

Retrouve toutes les rocambolesques
aventures de ***Fantômette***
dans les volumes précédents.

www.bibliothequerose.com
Le site de
tes héros préférés
TES SÉRIES PRÉFÉRÉES
CONCOURS
QUOI DE NEUF ?
L'ATELIER
LA BOUTIQUE
LA BIBLIOTHÈQUE ROSE

Table

1. En téléphérique 7
2. Le Chalet du Diable 13
3. L'étrange nuit 19
4. Fantômette entend des voix 25
5. Une brillante leçon de ski 29
6. Le mystère des radios 37
7. Un exercice stratégique 43
8. Les trois valises 53
9. Le petit téléphérique 63
10. Curieux micmac 69
11. Abominas 77
12. Chargée de mission 85
13. Les rançons 95
14. Le Furet fait demi-tour 101
15. Hyperactivité de Ficelle 107
Épilogue 117

« Pour l'éditeur, le principe est d'utiliser des papiers composés de fibres naturelles, renouvelables, recyclables et fabriquées à partir de bois issus de forêts qui adoptent un système d'aménagement durable. En outre, l'éditeur attend de ses fournisseurs de papier qu'ils s'inscrivent dans une démarche de certification environnementale reconnue. »

Composition MCP – ***Groupe Jouve*** – 45770 Saran

Imprimé en France par Jean-Lamour - Groupe Qualibris
Dépôt légal : juillet 2008
20.20.1641.8/01 – ISBN 978-2-01-201641-5
Loi n°49-956 du 16 juillet 1949
sur les publications destinées à la jeunesse